短編アンソロジー
学校の怪談

集英社文庫編集部 編

集英社文庫

CONTENTS

短編アンソロジー
学校の怪談
集英社文庫編集部編

Ghost Stories in the school

いつもと違う通学路

瀬川貴次

瀬川貴次
せがわ・たかつぐ

1964年生まれ。91年『闇に歌えば』でデビュー。「聖霊狩り」シリーズ、「鬼舞」シリーズ、「暗夜鬼譚」シリーズ、「ばけもの好む中将」シリーズなど著書多数。瀬川ことび名義での著書に『お葬式』『妖霊星』などがある。

何も塗っていない素トーストを冷たい牛乳で喉に流しこんで、ぼくはカラになったマグカップをどんとテーブルに置いた。

「ごちそうさま！　いってきます！」

勢いよく家を飛び出しながら、なんだかこのシチュエーションは古い少女漫画みたいだなって思った。そのパターンでいくと、曲がり角で転校生とぶつかったり、暴走トラックに轢《ひ》かれて内臓破裂したりするんだろうけれど、幸い、ぼくはそんな奇特な目には遭わないまま、いつもの通学路を走っていた。

でも、残念ながらすぐ息があがってしまう。赤信号で足止めを食らったついでに、ぼくは電信柱に手をついて、ゼイゼイハアハアしながら額の汗をぬぐった。

「やべっ……。自分、こんな病弱キャラだったたっけ……」

昨日の晩、なかなか眠れなかったせいか、身体《からだ》が本調子じゃない気がした。そんな寝不足なところに、トースト一枚とはいえ食べてすぐに全力疾走したツケか、脇腹がじわじわ痛くなってくる。

　このままじゃ遅刻確定だな……と、ぼくはどんよりした気持ちになった。いっそもう家に引き返して、「お腹《なか》が痛いから今日は学校休みたい」と親に申告しようかなとさえ思った。実際、お腹痛いし、嘘《うそ》じゃないわけだし。

「いや……。それは駄目だぞ、自分」

　ぼくはあえて口に出し、くじけかけていた自分自身を叱咤激励《しったげきれい》した。

　今日は休めない。休みたくない。遅刻もしたくない。

　昨日、眠れなかっただなんて、そんな素振りはこれっぽっちも見せずにさりげなく、かつ大胆な感じで颯爽《さっそう》と登校したいんだ。

　信号が青に変わったので、痛む脇腹を片手で押さえ、のろのろと歩き出す。気分はさながら、泥だらけになって戦地を歩む負傷兵だった。現実では体調不良気味の小学校五年生男子が横断歩道を渡っているわけだが、ぼくの脳内では、銃弾が飛び交い、爆風が吹き荒れ、敵軍のヘリコプターがバラバラとけたたましい音をたてながら上空を旋回していた。

　それほど的はずれでもない。狭い歩道のすぐ横を、大型トラックがひっきりなしに行き交うものだから、砂ぼこりは大量に巻きあがる、振動はすごい、車の走行音だってうるさい。年に一度は交通事故が発生しているような道でもあった。

そもそも、どうしてこんな危険な道が通学路に指定されているんだか。しかも、微妙に遠廻《とおまわ》りになっている。この先を直角に曲がって、田畑が混じる静かな住宅地を突き抜けていったほうが断然、近いのに。おおかた、登下校中の児童の声がうるさいと苦情が来るのを警戒してコースを決めたんだろうけれど、大人の融通のきかなさには、小学生のぼくもあきれてしまう。

近道への曲がり角には、古い石のお地蔵さんが立っていた。ぼくはいつも、このお地蔵さんの前を通るとき、ぺこりと頭を下げる。今朝もその癖が出て、歩きながら頭を下げた。軽く、ぺこりと。

途端に脇腹の痛みが消える……とかだったら最高だったんだけど、そうはならなかった。赤い頭巾と前掛けを身に着けたお地蔵さんは今日も黙って、うっすらと微笑《ほほえ》んでいるだけだ。お地蔵さんに丁寧に挨拶をすれば、いざというときに助けてくれるって、昔、お祖母《ばあ》ちゃんに聞いたんだけどなぁ。

ため息をひとつつき、ぼくはその場に立ち止まって曲がり角の先をみつめた。

住宅街を抜けていく道のずっと先は、小高い山。ぼくが通う城山《しろやま》小学校は、あの山のふもとに建っている。やっぱり、学校に行くにはここを曲がっていったほうが早い。どう考えたって早い。

大通り沿いのいつもの通学路を土ぼこりや排気ガスにまみれながら行くのと、静かで安全な最短コースを直進するのと、どちらが早いだろうかと悩むのも馬鹿らしい。答えはわかりきっている。それに、ぼくは今日は遅刻なんかせず、堂々と余裕で校門をくぐりたかった。その理由もちゃんとあった。

――あれは昨日のこと。ぼくはクラスの片づけ当番に当たっていた。

日頃からボーッと考え事をしがちなぼくは、なんとなくだらだらと作業をしていたせいで、時間ばかりがかかっていた。

「なあ、まだかかる？」

ぼくとコンビを組まされていた同級生の風見丈治《かざみじようじ》にせっつかれ、

「ああ。先に帰って構わないよ」

ぼくはそう応えた。

「そっか。悪《わり》ぃな。塾があるから、じゃっ」

ランドセルをしょって風見丈治は足早に去っていき、ぼくは放課後の教室で独りぼっちになった。だからといって、置いていかれた感はなかった。ひと気の少なくなった学校の雰囲気も嫌いじゃあなかったし、他人の目を気にしてきびきび動くよりも、のんびりゆったり自分のペースで事を進めるほうが好きだったから。

時間をたっぷりかけて掃除を終え、用具をうりゃっと仕舞いこみ、パンパンと意味なく両手をはたいて、三階の校舎の窓から外を眺める。高い建物の少ない田舎なものだから、隣の市役所の屋根を飛び越して、遠くの山々まで広く見渡せた。五年生になって、初めてこの教室から町を見下ろしたときには、自分の領地を前にしたお殿さまになったみたいで、なんだか妙に嬉《うれ》しかった。

後ろを振り返って廊下側の外を見れば、すぐ近くに小高い山が迫っている。戦国時代には頂上に城が建っていたことに因《ちな》み、城山と呼ばれている山だ。小学校の名前も、このあたりの町名も城山になっている。特に珍しい名前じゃないと思う。ただし、ここにあった城は戦に負けて焼け落ち、いまでは石垣の一部が山のあちこちに残っているだけだ。

かなりの激戦だったと、このあたりでは昔から言い伝えられていて、城が落ちたとされる十月三十日は、落城忌として給食にお赤飯が出る。お祝いじゃない。激戦の末に山の裏手を流れる川が犠牲者の血で赤く染まったっていう話にちなみ、戦死者の無念を想《おも》い、その霊を弔う意味で、落城忌にはお赤飯を食べるのが習わしなんだ。

その翌日がハロウィンなものだから、駅前商店街のイベントでは戦国武将とか、城とともに命を落とした姫さまのコスプレとかするひとが加わったりで、落城忌は昔からなじみ深かった。

ぼくが通う小学校は城山にこれだけ近いものだから、なおさら縁は深い。落城忌が近くなると、石垣の残る山中だけでなく小学校の敷地内にも、背中に矢が何本も刺さった落ち武者の霊がさまよう――そんな噂《うわさ》が毎年、思い出したように流れてくる。

でも、実際に霊を見たっていう体験者は、うちのクラスには誰もいなかった。何年か前にお祓《はら》いをして以来、校内に霊が出ることはピタリとなくなったんだとか。

クラス担任の立花《たちばな》先生は城山小の卒業生で、在校中に、校庭を歩く幽霊の足音を聞いたことがあるらしい。ザッ、ザッと土を踏む音に、まるで重い甲冑《かっちゅう》を身に着けているようなガチャガチャいう音が混じっていて、

「あれは城といっしょに討ち死にした武者の霊に間違いない」

って、大真面目に断言していた。そんな心霊体験談を鉄壁のネタとして持っている立花先生が、ちょっとうらやましくなったくらいだ。

ぼくは幽霊とかまだ一度も見たことがない。どうせなら、ご当地モノの鎧武者《よろいむしゃ》を見てみたいかなと思う。もちろん、見ないで済むのなら、それに越したことはないんだけど。祟《たた》られたり呪われたりもお断りだし。でも、ほら、そこは同郷ってことで、祟りもソフトバージョンになったりしないかなぁなんて……。

「渋谷《しぶや》くん。あのね、渋谷優太《ゆうた》くん」

急に背後から呼びかけられて、ぼくはぎょっとして振り返った。

教室の入り口に、いつの間にか同級生の木島紗友里《きじまさゆり》が立っていて、ぼくを手招きしていた。木島とは席が近くて、ときどき消しゴムを借りたり、宿題を見せ合ったりする程

度には親しかった。性格はさっぱりしていて、ぼくよりちょっと背が高くて、顔立ちもキリッとしていて、カワイイ寄りと言うよりカッコイイ系。だからこそ、こっちも話がしやすかった。

「なんか用？」

「うん。ちょっと訊《き》きたいことがあるんだけど」

「え、何？」

机の間をひょいひょいっと抜けて、木島に近づこうとしたら、むこうは急に両手を前に突き出して大きく振り始めた。

「いいの、別に今日でなくてもいいんだけど」

話が見えないまま、ぼくは立ち止まって首を傾《かし》げる。いつもとちょっと雰囲気が違う木島は、ふうっと口から大きく息を吸ってから、唐突に言った。

「渋谷くんはわたしのこと、どう思ってるかなあって……」

「どっ？」

どう思うって——どういう意味なんだろうか。文字通りに受け取って、正直に答えるべきか。背が高くてうらやましいって。

それとも、別の返事を期待されている？　それってどんな？

……まさか？

急に、カッと顔が赤くなるのを感じた。まるでそれに釣られたみたいに、木島の顔も真っ赤になる。カッコイイ系の彼女が急にかわいらしく見えてくる。

なんだ、これは。いったい、何が始まろうとしているんだ。もしや……。

もしや？

それまで、木島を女子として意識したことなんか一度もなかったくせに、ぼくの脈は急に速くなって、額の生え際あたりに汗までかいてきた。何か言わなくちゃとあせるのに、うっかり地雷を踏むんじゃないかと考えてしまって、言葉が出てこない。

こっちの動揺を感じ取ったのか、

「返事は明日でいいから、じっくり考えて。じゃあね！」

木島は叫ぶように言い放ち、くるりと背を向けて走り去っていった。ぼくには引き止める間もありはしなかった。

――と、まあ、そんなわけで、ぼくは今日、木島に逢《あ》って昨日の返事をしなくちゃならない。なんて答えようかとあれこれ考えすぎて、昨夜はなかなか寝つけなかった。

木島のことは嫌いじゃない。どちらかというと好き、かもしれない。でも、それは、木島のほうからああ言われたからであって、それまでは単なる『クラスメイトのひとり』、『なかでも比較的、仲のいいほう』ぐらいの位置にいた子だったはずだ。

告《こく》られたから急に意識するっていうのは、ヒトとしてどうなんだ？　いや、そもそもあれは告白なのか？　「そんなつもりはなかったのよー。ヤダァ、本気にしたー？」なんて言われたりしたら……。いや、木島はそんな軽い子じゃないし、裏切り展開はないとは信じたいけれど……。

気になるのは、木島がぼくより背が高い点だった。並ぶと、ちょっとカッコ悪いかも。でも、そういうのを気にする自体、カッコ悪くないか？　ここはむしろ、そんなこと考えたこともなかったぜ的な態度で大胆不敵に接したほうが、器の大きさみたいなものを木島に感じてもらえるんじゃないだろうか、とかとか。

……といったふうに、ぐるんぐるんと考えていたせいで眠れなくなり、あげくに寝坊したわけだ。一生の不覚としか言いようがない。

いつもの時刻に余裕で校門をくぐり、いつものように教室に入って、いつものように木島に「おはよう」と声をかけ、そのあとでうまいタイミングを見計らって昨日の返事をしたかったのに。そんな日に遅刻だなんて、最初っからグダグダじゃないか。

特に、今日は水曜日。体育の藤岡《ふじおか》先生が校門の脇に仁王立ちになって、遅刻かどうかの判定を下す曜日だ。あの先生、声がデカイものだから、「はい、おまえら、遅刻！」の宣告は学校中に轟《とどろ》き渡る。カッコ悪すぎる。

――以上を踏まえ、決められた通学コースをはずれ、住宅地の中をまっすぐ突き抜けていくぞと心を決めるのに、大した時間はかからなかった。

「よし」

背中にしょったランドセルの肩紐《かたひも》を握りしめ、わざとザッと派手な音をたてて曲がり角をほぼ直角に曲がり、いつもと違う道へと踏み出す。コースを短縮できることが確実になって、時間にゆとりはできた。脇腹の痛みも少しマシになってきたので、ぼくはちょっと早足くらいの速度で進んだ。

大通りを離れると、途端にひと気はなくなる。庭付きの一戸建てが並び、合間に田畑も広がる。小鳥のさえずり程度しか聞こえてこない静かな道だ。本当に、こっちが通学路ならよかったのに。

道沿いには幅広の側溝が続いて、ところどころ蓋がされていないところもあった。低学年の子がここに落ちたら危ないからとか、そういう理由で通学路として相応《ふさわ》しくないとみなされたのかもしれない。そんなことを考えつつ歩いていたぼくの視界に、黒いモノがちらりと映りこんだ。

道沿いの側溝。蓋なしの一区間に、黒くてドロドロしたモノが溜《た》まっている。普通に、泥に見えた。

なのに、それはもぞもぞと蠢《うごめ》いていた。やわらかめのコーヒーゼリーに思いっきり息を吹きかけたみたいに。しかも、黒い表面に大きな目がひとつ、ギョロリとあいていて、パチパチッと瞬《まばた》きをしている。

えっと思ったときにはもう、そいつの横を早足で通り過ぎていた。絶対、見間違いだとわかっていたけれど、気になってぼくは後ろを振り返ろうとした。そのとき、

「ダメだよ。振り返っちゃ」

反対側の真横の至近距離からそう言われ、ぼくは歩きながら、そっちのほうを振り返った。

いつの間にか、地元高校の制服を着た、知らない女子高生がぼくの横に並んでいた。ポニーテールの毛先部分はブリーチされた明るい黄色で、そこ以外は黒い髪。眉を吊《つ》り気味に整えているせいか、顔立ちからはちょっと気の強そうな印象を受ける。片方の耳にだけ、小さな銀のピアス。短めのプリーツスカートから陽《ひ》に焼けた脚がすっとのびて、陸上競技でもやっていそうな感じだった。

小学五年のぼくからしたら、相手は五つ、六つほど年上になる。その年齢の知らない女の子から声をかけられたのは初めての経験で、ぼくの脳は数瞬、フリーズした。二本の足だけは変わらぬテンポで前に進んでいた。

ポニーテールの女子高生は、ぼくの歩調に合わせて歩きながら、ひそひそ声で言った。

「振り返ったら、とり憑《つ》かれるぞ。そういう話、聞いたことない？」

「振り返ったら、とり憑かれる話……？」

ないと答えかけた寸前、該当しそうな昔話が記憶に甦《よみがえ》ってきた。

落城忌が近くなったら、夜、ひとりで出歩いてはいけない。通い慣れた道ならともかく、初めて通るような道は絶対に駄目だ。もしも、それを忘れて慣れない道に入りこめば、城とともに討ち死にした武者たちの霊が、どこからともなく寄ってくる。そこで不用意に振り返ると、霊にとり憑かれてしまう——

たぶん、これは幼稚園のときに、このあたりに伝わる話として園の先生が紙芝居形式で語ってくれたやつだ。うまいとはお世辞にも言えない手作り紙芝居の、妙に生々しい絵柄がセットで頭に浮かんだから。提灯《ちょうちん》を手にした町人風の若い男が、恐怖に顔をひきつらせつつ振り返ると、血まみれの鎧武者が団体で後ろに立っている。そんな、よく言えばダイナミック、はっきり言うとかなり雑なタッチの絵だった。

「落ち武者の幽霊が寄ってくるっていう昔話？」

「そうそれ」

「でも、あれって夜のことでしょ。そう聞いたんだけど」

空には雲ひとつなくて、あたりには午前の明るい陽射《ひざ》しが降り注いでいる。亡霊が出てきそうな雰囲気じゃない。

なのに、ポニーテール女子高生は自信ありげに首を横に振った。

「昼か夜かより、落城忌が近いってことのほうが重要」

「そうなんだ」

基準がよくわからないまま、ぼくは適当な返事をした。納得していないことが伝わったのか、ポニテ女子は肩をすくめる。

「しょうがないでしょ。落城忌が近いっていうのは、この世のすぐそばにあの世が迫ってきているってことで、昼だの夜だの関係なしに影響は出るんだってば。だから、そういう時期はじっと息をひそめているべきで、いつもと違うことなんかしちゃ絶対にダメなわけ。でないと、怖い目に遭うぞ、何があっても知らないぞっていう教訓よ。キョークン」

「じゃあ、側溝のあれは……」

ぼくが見たのは血まみれの落ち武者さま御一行じゃなく、ひとつ目の黒いドロドロだった。落城忌と関係があるのかどうか、落ち武者団体とどちらがマシなのか、そのあたりの判定は難しいけれど、どちらにしろ、この世のモノでなかったことは確実だ。

下手をしたらとり憑かれる。

そう思っただけで、腕に鳥肌が立ってきた。代わりに脇腹の痛みは完全に吹き飛んだ。万が一、あの黒いドロドロが追いかけてきていたとしても、これなら全速力で走って逃げられるんじゃないかって気がしてきた。

ぼくには振り返るなと言ったくせに、ポニ女《じょ》は平然と後ろを振り返った。

「追っては来てないみたいね」

ぼくも肩越しにちらりと後ろを見た。黒いドロドロはもう見えなくなっていて、田舎のまっすぐな道には、なんの異変もみつからなかった。結局、振り返ってしまったわけだけれど、何かにとり憑かれたっていう感覚もない。

「意外に大丈夫だったかも。とりあえず引き返して、いつもの通学路を行ったら？」

「引き返すって、あのドロドロのいた側溝の近くをまた通れってこと？」

「見ないようにして、気づかなかったふりでスッと通り過ぎればいいよ」

「無理だよ。それに、いまから引き返したら確実に遅刻しちゃう」

声が急に震えて、ぼくは自分のことなのに驚いてしまった。ポニ（……もうこれ以上、略せない）も、ちょっとびっくりしたみたいだった。

「何？　城山小学校って遅刻にそんなに厳しくなったの？」

「そうじゃないけど……。とにかく、今日は、今日だけは遅刻なんかせず、堂々と余裕で校門をくぐりたいんだ。減点対象になるようなこと、したくないんだよ」

きっと、木島紗友里はぼくからの返事に期待して、こっちをずっと意識しているはずだから。だからこそ、遅刻してあたふたしている姿なんて、あの子に見せるわけにはいかなかった。

「なんで？　今日は特別な日だったりするわけ？」

「うん」

「何があるの？」

「木島紗友里が待っているんだ」

「はあ？」

　恥ずかしかったけれど、ぼくは昨日、木島紗友里に言われたことをそっくりそのまま、全部、話して聞かせた。本当は、誰かに話して自慢したい気持ちがあったのかもしれない。いや、あったんだ。こんなこと訊かれたんだぜ、これってそういう意味だよな、ヒャッホーって叫びたかったんだ。そこまではしなかったけれど。

　聞かされたほうは、「はー、なるほど。そっか、そっか」とうなずいておきながら、

「何、あんたたちフルネームで呼び合ってるわけ？」

　そこが気になるんかい、と言いたくなるようなことを尋ねてきた。

「あだ名は禁止なんだ。いじめのモトになるから」

「何それ。よくわっかんない理屈。わたしがいたときは、そんなのなかったのに」

　ケタケタと変なふうに笑って、

「しっかし、木島紗友里ちゃんは渋谷優太くんに何を訊きたいんだろうねえ。いいねえ、青春だねえ」

　会話の中から知り得た、ぼくらの名前を口にして、うんうんとうなずいてから、

「わたしのことはユリでいいわ。それか、ユリねえちゃんとか、ユリちゃんとか」

「ユリさん」

ぷっと彼女——ユリさんは笑った。何がおかしかったのか、いまいち謎だけれど。

「木島紗友里と一字違いの名前だ」

「そうだね。いい偶然だ。幸先《さいさき》いいよ」

「どこが。それに、遅刻しかけている上に、あんな変なモノを見ていて、幸先いいもないんじゃないかな」

「細かいことは気にしない。じゃあさ、このままこの道をまっすぐ城山小学校まで行くとして、その代わり、覚悟しなさいよ」

「なんだよ、覚悟って」

「霊はね、まっすぐにしか進めないって昔から言われているの。八橋《やつはし》って知ってる？」

「京都のお菓子の名前」

「言うと思った。何カ所も折れ曲がっている橋のことだよ。八つに限らないけど、それくらい何カ所も折れ曲がっている橋っていう意味ね。まっすぐにしないのは、霊が渡ってこれないようにするためで、要するに魔よけになるんだって」

初めて聞く話だったので、へえーと、ぼくは声をあげていた。

「じゃあ、学校指定の通学路がわざと遠廻りになっているのも、霊を校内に入らせないための工夫？」

「そこまで深読みするのはどうかなー。戦国時代の城そのものが、敵が攻めこんできにくいように道をカクカク、わざと曲げておいたりするし、その名残でしょ。このまっすぐな道は、比較的新しい時代にできたんじゃない？　知らないけど」

「だから、こっちの道を行くと、あのドロドロみたいな変なモノをまた見るかもしれないってこと？」

「かもねえ……」

ニヤニヤと楽しげにユリさんが笑うものだから、ぼくはムッとしてしまった。小学生を脅して喜ぶなんて悪趣味もいいところだと思った。

「だとしても、いまさらだから」

スタスタと歩調を速めて、ぼくはユリさんの真横から離脱した。ユリさんはぼくを引き止めもせず、変わらぬ速度で後ろを歩いている。

大体、朝のいそがしい時間に知り合いでもないのにいきなり話しかけてきて、霊がどうの、あの世とこの世がどうのって言い出すなんて、かなりヤバくないか？　係わりにならないほうがいいって。側溝のドロドロだって、ただの見間違いかもしれないし。

そうだよ、あれはただの泥の塊か、生き物だとしても、せいぜい泥まみれになったネズミとかで、霊なわけがない、ない。ひとつ目もきっと気のせい、気のせい。

そんなことを自分に言い聞かせながら少し行くと、道の左手は家が途切れ、畑ばかりが広がるようになった。見ただけじゃ何の野菜かわからない葉物が畝《うね》に沿って生い茂り、砂をかぶった緑の葉を空に向けて思いっきり広げている。

畝の脇に、麦わら帽子をかぶったお年寄りがこちらに背を向けてしゃがみこんでいた。この道に入りこんでから、ユリさんをのぞいて、初めて遭遇した地元民だった。

農作業中のそのお年寄りはぼくに気づいたのか、ゆらりと起きあがり、こちらを振り返った。目の下はたるみ、深い皺《しわ》が寄って、年齢がそのまま顔に刻まれている。表情は虚《うつ》ろだ。

目が合ったので、ぼくは反射的に頭を下げた。次の瞬間、お年寄りの右の目尻がぐにゅっと垂れさがった。

笑ったんじゃない。顔の皮膚がやわらかく溶けて、目の形そのものが文字通り、ぐにゅっと崩れ、ほとんど縦向きになったんだ。

ぼくはお年寄りの顔に目が釘付《くぎづ》けになり、その場に立ちすくんだ。お年寄りのほうは自分の身体の変化に自覚があるのかないのか、ゆらりゆらりと左右に身体を揺らしながら、一歩一歩、ぼくに近づいてくる。その手には農作業用の鎌が握られていた。

まさか、その鎌でぼくの首を――

頭の中で危険信号が激しく点滅する。なのに足がすくんでしまって動けない。

そんなぼくの腕を、駆けこんできたユリさんがぐっと摑《つか》んだ。

「逃げるよ、ほら！」

運動会の号令みたいな声をかけて、ユリさんはぼくを引っぱっていく。ぼくも遅れてスイッチが入り、ユリさんといっしょに全速力で走り出した。

例のお年寄りは道路と畑の境界で立ち止まり、ゆらりゆらりと陽炎《かげろう》みたいに揺れて、ぼくらをぼうっと眺めていた。追いかけてくる様子はない。ひょっとしたら結界みたいなものがあって、畑から出られないのかもしれない。

鎌老人から充分な距離をとってから、ユリさんは走るスピードを徐々に落としていった。荒い息をつきながら、

「だから言ったでしょ。気をつけなさいって」

そんなこと、言われたっけ？　覚悟しろとは言われたけど。

「け、警察、呼んだほうが」

側溝のドロドロとか、お年寄りの顔が崩れたのは何かの見間違いだったとしても、鎌を持って向かってくる相手はさすがにまずいだろう。携帯電話はランドセルの中に入っているし、これで警察を呼んだほうがいいに決まっている。……と思ったんだけど、ユリさんは肩をすくめて首を横に振った。

「警察呼んでも無駄じゃない？」

「でも、鎌を持って向かってきたんだし、銃刀法違反とかで逮捕できるよ」

「作業用の鎌でしょ。直接、襲われたわけでもないし、殺意があったかどうかの立証は難しいよ。それに、警察を待っている間に遅刻しちゃうぞ」

ぼくは、うっと息を詰まらせた。

「それは、困る……」

「だったら、とにかく初志貫徹。登校しよう。付き合うから」

ぼくは歩きながら肩越しに後ろを振り返った。畑のきわで、鎌老人はまだゆらゆらと揺れていた。その顔がどうなっているかは、これだけ距離が開くともう確認できない。ひょっとしたら、目だけじゃなく鼻や口も崩れて、ぐだぐだののっぺらぼうになっているかもしれない。

そう思ったとき、ぼくの頭の片隅で何かがチカッと瞬いた。

「そんな話があったような……」

無意識につぶやくと、「何が?」とユリさんが訊いてきた。

「うん、いま思い出したんだけど」

何年か前のこと。城山小学校の仲良し六年生が数人、もうすぐ卒業するから記念にと、校内で写真を撮りまくったことがあったらしい。そのうちの一枚、理科準備室で撮った写真に不思議なモノが写っていた。

等身大の人体模型、身体の半分が内臓やら何やら剝き出し《むだ》になっているやつ。それの前で並んで写真を撮ったら、人体模型の剝き出しじゃないほうの顔が崩れて、目も鼻もなくなり、ほとんどのっぺらぼう状態になって写っていた。もちろん、見た目にはそんな不気味な変化、まったく起きていなかったのにだ。

「驚いた六年生は気味悪がって、その場でデータを消してしまったんだ。あとになって、その人体模型を何枚も撮り直してみたけれど、もう二度とのっぺらぼう写真は撮れなかったって」

「へえ。そんなことあったんだ。それは知らなかったわ」

「……もしかしたら、あの畑のお年寄りもあのまま放置していたら、目も鼻も崩れてのっぺらぼうになっていたのかな」

「かもねえ」

太陽を背にして立ったお年寄りの、麦わら帽子の下の無表情な顔。それがドロドロに溶けていくさまをリアルに想像してしまい、ぼくはぞくっと身震いした。

この道がよろしくないのは、充分、理解できた。ご当地モノの怪奇現象にちょっぴり憧れていたけれど、まさかこんなふうな体験をするなんて。しかも、よりによってこの大事なときに。

学校まであともう少しだというのに心は折れそうになり、弱音が口をついて出てきた。

「この先、まだ何か出るのかな……」

「さあね。でも、心配ないよ。これも何かの縁だから、わたしがちゃんと守ってあげるって」

「守るって」

「大丈夫、大丈夫。このお札はちゃんとしてもらうから」

「なんだよ、それ。そっちのほうが怖いんだけど」

気持ちはありがたいけど、ユリさんはそれほど強そうに見えなかった。こんな目に遭っておきながら笑っていられる分、メンタルは強いんだろうけれど、霊に勝てるかと言われると、どうなんだろうと疑いたくなる。

いつもと違う道に入っただけなのに、変なものを見て、変な女子高生にからまれて、変なお年寄りに鎌で脅されて。

「落城忌が近いからって、なんで、こんな……」

弱音を洩《も》らすぼくに、ユリさんはしれっと言ってくれた。

「何をいまさら。城山小学校なら、これくらい日常茶飯事じゃない」

「あるか、そんな日常」

ユリさんは怪訝《けげん》そうに首を傾げたが、

「あっ、そうか。学校でお祓いやって供養碑を建てたのって、もう何年も前だもんね。

現役小学生が学校に伝わる怪談に詳しくなくても、無理ないか」

そう言われると、瞬間電気湯沸かし器並みに好奇心がふつふつと湧いてきた。

「前はそんなにすごかったの？　てか、ユリさん、城山小学校の卒業生だから詳しいわけ？」

「そうそう」

どっちの質問に対する肯定だったのか。たぶん、両方まとめてだったんだろう。

「わたしの在校中は、そりゃあ、もう、いろいろあったものよ。理科準備室の人体模型なんか、のっぺらぼう写真の話は知らなかったけど、毎晩、廊下を元気に走りまわってるって有名だったんだから」

「うへぇ、ホント？」

「ホント、ホント。特に落城忌が近づいてくると、校内の空気から何から変わって、みんなピリピリびくびくしちゃってさ。トイレの鏡の中に白い人影が見えたとか言って、休み時間に泣き出しちゃった女子もいたなぁ」

二階の北側、端っこの女子トイレだなと、ぼくはすぐにピンときた。

トイレの洗面台で手を洗っていた女子が、顔をあげたそのとき、自分の後ろをすっと横切っていく人影が、鏡に映っているのを目撃する。驚いて振り返るけれど、自分以外、トイレには誰もいない。気のせいかと思って前に向き直ると、鏡には自分の背後に立つ、髪の長い女が映っていて、うらめしそうにこちらを睨《にら》んでいた——そんな話だ。

ただし、この話には不自然な点がある。女子トイレの鏡は小さくて、せいぜい肩から上しか映らないのに、鏡の中の女の髪は腰より下までのびていたんだとか。だから、ぼくはその不自然な点を指摘して、「そんなの作り話だよ。すぐにわかることじゃないか」って同級生たちと笑い合っていた。

いまは、とても笑えない。側溝のドロドロひとつ目や、顔が溶けるお年寄りが普通にそこにある世界に、ぼくはいる。鏡には映らないはずの相手の髪の長さが把握できても、そりゃあ、あり得るかもねと思ってしまう。

「だからさ、この時期は特に、いつもと違うような余計なことはしないほうがいいんだってば。いまからでも遅くないよ。悪いことは言わないから、角のお地蔵さんのところまで戻って、学校指定の通学路を行ったら？」

「またあのお年寄りの前を通れってこと？」

「畑からは出てこれないのかもしれないし、走ればなんとかなるんじゃない？」

正直、気持ちは揺れた。ぐらぐら揺れまくった。だがしかし、ぎりぎりのところでぼくは踏みとどまり、首を横に振った。

「駄目だ。戻ったら遅刻しちゃう」

遅刻イコール、木島紗友里にぶざまなところを見せてしまう。それだけは絶対に避けたかったんだ。

「頑固だなぁ。でも、そういうとこ、嫌いじゃないよ」

口をニッと横に広げて、ユリさんは満面の笑みってやつを浮かべた。こんな状況で笑えるなんてタフなひとだなと、ぼくは妙に感心した。

ユリさんは前方のゴール、城山小学校にぴたりと視線を据えて言った。

「よし。じゃあ、行こうか」

「うん」

今朝初めて逢ったというのに、まるで長年の相棒みたいに、ぼくらは肩を並べて進んだ。

ぼくがどうにかパニックを起こさずに済んでいるのは、何がなんでも遅刻したくないって意地になっているのに加えて、笑顔を絶やさないユリさんが隣にいるせいだと、いまさらながら気がつく。でなかったら、道の真ん中にへたりこんでオシッコを漏らすとか、そんなみっともない事態になっていた可能性は高い。となると、ぼくはユリさんに感謝すべきなんだろう。

城山小学校はもうすぐそこだった。ほかの生徒たちの姿が見えないのは多少、気になったけれど、裏門のほうじゃなく、正門のほうから登校する生徒のほうが断然多いはずだから、こんなものなのかもしれない。

まっすぐな道。両側に広がる田畑には、農作業中の人影もない。その代わり、けっこう離れた先、稲刈りの終わった田んぼのど真ん中に、木々が数本茂った場所が浮島みたいに取り残されていた。木の下には、立派な石のお墓が建っている。

このあたりに昔から住んでいる家のお墓なんだろう。田舎では特に珍しくもない。

――だったのに。

御影石《みかげいし》の墓標が、突然、激しく振動した。

最初、ぼくは地震かと思って立ち止まった。でも、足もとはまったく揺れていない。まわりの電線や道路標識なんかもだ。ただ、田んぼの中の大きなお墓だけがガクガクと、台座から転げ落ちるんじゃないかと心配になるくらい、派手に揺れている。

「ユ、ユリさん、あれ」

ぼくが指差す以前に、ユリさんも緊張の面持ちでお墓をみつめていた。次の怪奇現象、来るぞって、身構えているようにも見えた。

実際に、次の怪奇現象は来た。

墓石が横倒しになり、その下からわらわらと黒い人影が数体、這《は》い出《だ》してきたんだ。

黒く見えたのは、逆光のせいだった。正確には、濃い焦げ茶色だ。ほとんど裸で、みんな骨が浮き出るほど痩せていて、薄い肉付きの皮膚は茶色く変色していた。ミイラ化していたんだ。

目玉はなくなり、黒い眼窩《がんか》がぽっかりあいているだけ。髪の毛はぱさぱさで、分量も多くはない。どう見ても生きている人間じゃない。墓から出てきた時点でお察しだろうけど、幽霊、もしくは墓から甦ったミイラだ。墓石の下からどんどん這い出てきて、その数は十人ほどに増えていた。

しかも、連中はぼくらに気づき、猛烈な勢いでこちらに向かってくる。

あれだ、側溝の中で小刻みに震えているだけのドロドロや、畑からは出てこようとしないお年寄りを、動きののろいゾンビに譬《たと》えてみよう。なーんだ、走って逃げれば余裕じゃん。捕まらなきゃ大丈夫なんだろと、こっちは油断してしまう。そこに、全速力で疾走してくるスーパーゾンビが現れた、みたいな感じだった。

ぼくとユリさんはあわてて走った。先生や生徒が大勢いる校内に逃げこめば、きっとなんとかなると思ったんだ。

あともう少し。あともう少しで学校なのに。

茶色いミイラたちの勢いは収まらず、彼らとぼくたちの距離はだんだんと縮まっていく。それでも、あの鎌老人みたいに、田んぼからは出てこれないんじゃないかと、どこかで期待していた。

甘かった。ミイラの集団は田んぼから道へと上がりこみ、ぼくらの後方についた。

あああああと、うううううと、乾いた風みたいなうなり声が、はっきり聞き取れるくらいに迫ってくる。

「わたし、もうダメ」

ユリさんが急に弱音を吐いた。ぼくも相当疲れていたけれど、ここで認めちゃいけない気がして、精いっぱい強がってみせた。

「何言ってるんだよ、ユリさん」

「渋谷くんだけでも先に行って。あ、ええっと、フルネーム、いじめ防止、渋谷優太くん、だっけ」

息を切らしながら、ユリさんは律儀にフルネームでぼくの名を呼んでくれた。名前をおぼえていてくれてたんだとわかって、それだけで胸がキュッとなって、とてもユリさんを見捨ててはおけないって強く思った。

「いっしょに行くよ、ユリさん！」

ぼくはユリさんの腕を摑み、疲労困憊《ひろうこんぱい》していたはずの足に鞭打《むちう》って、スピードアップを図った。火事場の馬鹿力は本当にあるんだよ。ぼくの足は、まるで羽根が生えたみたいに前へ前へと進んだ。ギリシャ神話のヘルメスのサンダルを履いてるみたいで、ユリさんを余裕で引っぱっていけた。

けれど、ミイラ軍団のほうも負けていなかった。うなり声を甲高い金切り声に変えて、むこうも必死に追いすがってくる。バタバタとせわしい足音がすぐ後ろで響き、枯れ枝みたいな指がもう少しでぼくのランドセルをひっかきそうになっていた。

ここで、捕まって、なるものか。城山小学校の裏門は、もう目の前なんだ。

ぼくは大声で叫びながら、ユリさんとともに裏門に飛びこんだ。

ズザーッと砂を撥《は》ねあげて校門をくぐり、勢い余ってふたりとも地面に倒れこむ。

急いで後ろを振り返ると、茶色いミイラ軍団は校門の手前で立ち止まり、やたらめったら手足をばたつかせていた。くやしげに地団駄を踏んでいるようにも見えた。やつらは校内に入ってこれないんだ。

ちょうどそのとき、始業のベルが、ウェストミンスター寺院の鐘の音っぽいチャイムが、キンコンカンコンと鳴り響き出した。

荘厳なその音色に重ねて、ミイラ軍団がいっせいに吼《ほ》える。おぞましいその声も、文字通り、負け犬の遠吠《とおぼ》えにしか聞こえない。しかも、連中の姿はだんだんと薄らいでいく。

やがて、余韻を遺《のこ》しながらベルの音が消えたとき、ミイラたちの存在もこの世から消失していた。あとには何も、ひからびた皮膚一片さえも残っていない。

「……やったよ」

ぼくは震えながらつぶやいた。

「やったよ。遅刻もしなかったよ。大丈夫、ユリさん？」

うんと小声で応じて、ユリさんはゆっくりと身を起こした。頭を振って、ぼくを見据え、ニタリと笑い、

「ああ。連れてきてくれて、ありがとう」

そう言ったユリさんの目は、瞳孔がこれ以上ないくらい丸く開いて、しかも黄色く光っていて、ゴールドの記念コインを目の中にぴったり嵌《は》めこんだみたいだった。


――気がつくと、ぼくの視界には白っぽい天井が広がっていた。

ゆっくりと視線をめぐらせれば、白いカーテンや薬品棚なんかが目に入ってくる。消毒用アルコールのにおい。あけ放たれた窓のむこうからは、サッカーだかなんだかの球技をやっているっぽい声が聞こえていた。

学校の保健室で、ベッドの上に寝かされているんだと気づくのに、そう時間はかからなかった。ただ、

(どうしてこうなったんだっけ?)

その答えを導き出すのには、少し手間がかかった。

頭の中で、時計の針を巻き戻してみる。まずは起床してからだ。

朝ご飯も適当に、家を急いで飛び出して、大通り沿いの通学路を走って、近道をする

ためにお地蔵さんの角で曲がって、田畑に囲まれたまっすぐな道をとにかく必死に——

それでどうなったんだっけ。結局、間に合ったのかな？

顔をしかめて考えていると、ベッドを囲むカーテンのむこうから声がかかった。

「渋谷くん、どんな？」

振り向くと、カーテンの隙間から木島紗友里が顔を覗《のぞ》かせていた。

ぼくは、わっと声をあげて起きあがった。木島のほうも、ぼくのその反応に驚いて、目をパチクリさせている。

「ごめん、起こした？」

「いや、大丈夫。起きてた」

「なら、よかった」

ホッとして微笑んだ木島は普段の十倍増しにかわいくて、ぼくは視線のやり場に困ってしまった。キョロキョロして、時計を探すふりをして訊いてみる。

「いま、何時？」

「昼休みになったところ。渋谷くん、裏門のあたりに倒れてたって」

「倒れてた？」

必死に走って、裏門に飛びこんだ場面はうっすらと記憶に甦ってきた。

「ああ、そうか。遅刻しそうであせっていて……」

でも、そこから先は完全にフェードアウト。どうやら、校内に駆けこんですぐに気を失ったらしい。

「脳貧血ってやつだったのかなぁ」

「保健の先生もそんなこと、言ってたよ。いまは席をはずしてるみたいだけど。それで、給食はどうする?」

訊かれた途端に、ぼくはものすごくお腹が空《す》いていることを自覚した。

「食べよっかな、教室で」

「起きられる?」

「うん。もう平気、平気。寝たら回復した」

ベッドから起きあがり、保健の先生宛てに『もう大丈夫なので教室に戻ります』と書いたメモを机の上に残して、ぼくは木島といっしょに教室に戻った。

同級生たちは「大丈夫か、大丈夫か」って口々に声をかけてくれた。友情っていいなあとしみじみ感じながら、

「もう全然、大丈夫」

とくり返し、それを証明するように給食をぺろりとたいらげてみせた。まさに完全復活って感じだった。

午後の授業も普通に受けて、放課後、ひとりで帰ろうとしたら、木島が、

「心配だし、途中までいっしょするわ」と申し出てきた。

そういえば、昨日の返事がまだだった。ものすごく、ものすごぉく照れくさかったけれど、断るわけにもいかなくて、ぼくは木島といっしょに下校することにした。

ふたりして校庭に出ると空はもう黄昏色《たそがれいろ》で、カラスが二、三羽、鳴きながら雲のむこうに飛んでいった。いかにも夕方って光景に、今日はなかなか大変だったなと感慨にふける。

貧血起こして記憶がまだらって、少々カッコ悪いけど、なんだか貴重な体験のようにも思えてくる。しかもこのあと、木島に昨日の返事をするという一大イベントが待っている。なんて答えたらいいんだか、まだ全然決まっていないのに。

うまく切り出せなくて、黙って木島と校庭を横切る。木島はちらりと校庭の隅を振り返り、

「そうだ。知ってる?」と、眉をひそめて話し出した。

彼女の視線の先には、城の戦没者のための供養碑が設置されていたんだけど、その上には昨日まではなかったはずのブルーシートがかけられていた。

「誰か、供養碑にいたずらしたみたいよ。今朝、表面に大きな傷が入っているのがみつかったんだって」

「供養碑に傷? うわぁ」

ぞくぞくっと背中に寒気が走った。と同時に、何か取り返しのつかないことをしでかしたような、あせりと不安と後悔みたいなものが胸の奥にじんわりと湧いてきた。でも、これってなんなんだ？

木島も不安そうに言った。

「あの供養碑が建ってから、黒百合姫《くろゆり》の祟りもだいぶ鎮まってたっていうのに、また始まっちゃうかもね。黒百合姫って、わたしと名前がかぶってて、ちょっと複雑なんだけど」

「何、黒百合姫って」

「えっ？　知らないの？」

一瞬、ものすごく不安になったものの、ぼくは城山小学校の生徒なら誰でも知っているはずの基礎知識を、無事に記憶の底から引っぱり出せた。

「……落城のときに自害したお姫さまの名前」

「そうだよ。ちゃんと知ってるじゃない」

「うん。思い出した」

思い出さなくちゃいけないことが、まだあったような気がしたけれど、このあたりが限界だった。きっと、想像以上に脳が疲れているんだな。

心配そうに木島が尋ねる。

「大丈夫、渋谷くん？　本当はまだ調子悪いんじゃない？」

「うーん。どうなのかなぁ。だとしても、ただの寝不足だろうし、今日はまっすぐ帰って早く寝るわ」

「そのほうがいいと思うよ。……昨日の返事は、元気になってからで全然構わないから」

不意打ちみたいに言われて、ぼくは「あ、ああ」と妙な声を出した。これじゃちょっと間抜けだなって思ったんで、咳《せき》ばらいをしてから付け加える。

「木島とは、いっぱい話したいから、うん。よろしくな」

返事になっているような、いないような。それでも、木島はドキッとしたみたいで、

「あ、ありがとう。……こちらこそ、よろしく」

頬を赤くして、そう言ってくれた。

かわいいなぁ。ああ、でも、並ぶとやっぱり身長差を感じるなぁ。

牛乳、もっと飲まなくちゃ。朝の一杯だけじゃなく、夜も飲もう。小魚も食べよう。身長だけじゃなく、体力もつけよう。茶色のミイラ集団に追われても、余裕で逃げ切れるだけの持久力が必要だし。

……なんでミイラ？　とは思ったものの、具体的な目標を掲げることは悪くない気がしたので、訂正はなし。

そうとも。黒百合姫もドンと来い。

木島紗友里に、頼れる存在だと思われるような、強い男にぼくはなるんだ。

——そんな決意を直接、口に出してはいなかったのに、木島はくすくすっと笑って「楽しみ」と言った。夕陽を反射して、その目が金色っぽく光ったようにも見えた。

Ghost Stories in the School

Mさん

渡辺 優

渡辺 優
わたなべ・ゆう

1987年宮城県生まれ。2015年『ラメルノエリキサ』で第28回小説すばる新人賞を受賞し、デビュー。著書に『自由なサメと人間たちの夢』『アイドル　地下にうごめく星』『悪い姉』『並行宇宙でしか生きられないわたしたちのたのしい暮らし』『クラゲ・アイランドの夜明け』『きみがいた世界は完璧でした、が』がある。

死んだとき、Mさんは身長が一五五センチで、体重が二九・二キロだったらしい。彼女の身長なら、適正体重は五三キロ。美容体重は四八キロ。それよりさらに細く、アイドルやモデルの子なんかが目標とするシンデレラ体重でさえ、四三キロだった。だから彼女は死んだ。体中の骨が浮き出て、皮膚はかさかさで、落ちくぼんだ虚《うつ》ろな目をして、シンデレラとはほど遠い姿で。

「南校舎三階の女子トイレで、Mさんはいつも給食を吐いてたんだって」

萌愛《もえ》ちゃんはおおげさに肩をすくめて、いかにも恐ろしげな声を作って話す。わたしと千紘《ちひろ》ちゃんは息をつめて、いかにも真剣そうな顔を作ってその話を聞いていたけれど、実はわたしは五つ歳上《としうえ》のお兄ちゃんや一年生のときの友達から、すでにMさんの話を聞いて知っていた。

「どうしてMさんは吐いたりなんてしてたの？」

千紘ちゃんがたずねた。

「そんなの、痩せるために決まってるじゃん」

萌愛ちゃんが呆《あき》れたように答える。千紘ちゃんはのみ込めない様子で、「でも、Mさんは死んじゃうくらい痩せてたんでしょ？　どうしてまだ痩せる必要があるの？」と首をかしげた。鈍い子だな、と思う。うちの中学校で二年生になるまでMさんの噂話《うわさばなし》を聞いたことがないなんて、一年のときにぱっとしない子たちのグループにいた証拠。

「だからあ、そういう病気だったの！　摂食障害って、保健の授業でも習ったじゃん。痩せてるのに、まだ痩せなきゃいけないって思いこんじゃったんだって」

「へえ」

「Mさんはね、もともとちょっぴり太ってたの。それでクラスメイトから、デブ、なんて言ってからかわれてたのね。で、痩せなきゃ痩せなきゃって追い詰められちゃったの。あたしそれ、めっちゃ気持ちわかる。それでなんにも食べなくなって、食べたものもぜんぶ吐いちゃって、痩せ細って死んじゃったんだって」

萌愛ちゃんは眉を八の字に下げて、「かわいそうだよね」と大きなため息をついた。

萌愛ちゃんのＢＭＩは、ぱっと見た感じで二四前後。標準体重、なんて言われているぎりぎりのあたりだと思う。それはわたしたち中学二年生の女子からすると、なかなかに悩ましい数字だった。だってクラスメイトのほとんどは、ぜったいに彼女よりも細い。

「それでね、ここからが大事なとこなんだけど」

　萌愛ちゃんは三人で囲む机にぐっと顔を寄せて、色付きのリップで光る唇をなめらかに動かす。「南校舎三階のトイレの前に、おっきな鏡があるでしょ？　Mさんがいつも自分の身体《からだ》をチェックしてた鏡ね。そこにはね――今でもMさんが映るの。そして彼女はね、痩せたい女の子の味方なの」

　Mさんが吐いていたトイレの正面にある、古い姿見。Mさんが死んだのと同じ時刻、夕方の五時四分に一人でその鏡をのぞき込むと、自分の顔ではなく、痩せ細ったMさんの姿が映るという。

「そこで、心を込めて、本気の本気で痩せたいです！　ってお願いすると、Mさんが身体に呪いをかけてくれるんだって。Mさんに呪われた子はね、あっという間に痩せられるの。二週間で一〇キロ痩せた子もいたって」

　たった二週間でだよ、と繰り返す萌愛ちゃんの目がきらきら輝く。早く痩せられるというのは今のわたしたちにとって重要なことだ。二年生に上がって最初の健康診断が五月の真ん中の週に予定されていると、今朝配られたプリントで知らされた。萌愛ちゃんが今さらこんな噂話を始めたのはそのせい。健康診断には、もちろん体重測定もある。もうあと一か月を切っている。

「えー、やだ。怖いね」

　千紘ちゃんが言った。千紘ちゃんが怖いのは体重測定じゃなくて、Mさんの幽霊の方だ。千紘ちゃんは痩せているから。「違う、怖くないの」と、萌愛ちゃんはきっぱり首を振る。

「だって、呪われちゃうんでしょ？　そんなの、いくら痩せたって嫌だよ」

「大丈夫。その子がちゃんと痩せられたら、Mさんは悪いことはなにもしないの。言ったでしょ？　痩せたい女の子の味方って」

はじめてその噂を聞いたとき、わたしもちょっと心惹《ひ》かれた。

「でも、Mさんも甘くはないからね。もしその子がぜんぜん努力をしないで、本気で痩せようとしないで、途中で痩せることをあきらめたりしたら、そのときは鏡の中から出てきて、黒い呪いをかけて殺しちゃうんだって。鏡の中からね、黒い影が、わあーって出て来て——」

「なにそれ、黒い呪いって。やっぱり怖いじゃん！」

千紘ちゃんが意外なほど大きな声を上げたので、わたしは笑った。そう、呪い殺されるのは、やっぱり怖い。「もう、二人とも真面目に聞いてないでしょ」と、萌愛ちゃんはつやつやの唇をとがらせた。「そりゃあ二人はさあ、Mさんの力に頼らなくたってぜんぜん痩せてるもんね」

「そんなことないよ」

わたしは大きく首を振った。ほんとうにそんなことはないのだ。わたしは身長が一五一センチで、体重が××キロ。BMIは×××。萌愛ちゃんよりぜんぜん痩せてるなんてことは、ぜんぜんない。それなのに萌愛ちゃんは、「えー、そうやってさあ、同情してくれるのはうれしいけど」と、あくまでもわたしを痩せてる子あつかいする。わたしが痩せている子なら、近い体型の萌愛ちゃんだってそんなに太ってはいないという印象操作がしたいのだ。うっとうしいな、と思う。

「ねえ、篠原《しのはら》さん！　うちら一緒にMさんのとこ行く？」

萌愛ちゃんは突然教室の後ろを振り返ると、大きな声で言った。一番後ろの席、真ん中の列に座っていた篠原さんが、びくっと肩をはずませ顔を上げた。せっかくのお昼休みだっていうのに、彼女はいつも通り一人で本を読んでいた。「うちらにはさ、もうそれしかなくない？」と続ける萌愛ちゃんの声には、わかりやすくからかいの色がにじんでいる。篠原さんはクラスで何番目かに身長が高くて、体重はどう見ても一番重い。ぽっちゃりとか、グラマーとか、ふくよかとか、そういうポジティブな言葉を使うのは逆に気まずくなるくらいに太っている。彼女のBMIがいくつなのか、わたしには想像もつかない。肥満度3とか、もしかしたら4とか、そういう深刻な数字になってくるんだと思う。萌愛ちゃんが「うちら」なんて一緒のくくりで語ったりするようなレベルじゃないと、誰が見てもわかる。

篠原さんはかすかにため息をついて、また本に顔を戻した。でも、もう本なんて読んでいないことは明らかだ。頭の中は真っ白で、恥ずかしくて、悔しくて、とても文章なんて読んでいられないはず。体型のことをからかわれたりしたら、わたしならぜったいにそうなるもの。まあ、だからってわたしなら、あんなふうにただ息をついてみじめにうつむいたりしないけど。もっとうまく対応すればいいのに、鈍い子だ。

「ねえ、無視されたんだけど」萌愛ちゃんはまたはっきりと大きな声で言った。「じゃあやっぱり、あたし一人で行くしかないかあ」

わたしは笑い声を上げながら、萌愛ちゃんのこういうところが嫌いだな、と思う。自分より暗い子、ダサい子、太っている子を見つけては、ことあるごとにいじったり、からかったりしてマウントを取る。本人は、「あたしってデリカシーないから」なんて冗談交じりに言ったりするけど、自分より「上」だとはっきりわかる子たちに対しては絶対にそんな変ないじり方をしたりしないんだから、ちゃんと考えて言っているのだとわかる。

本当は同じグループになんてなりたくなかった。でも二年生に上がって、一年のときに仲の良かった子たちとはクラスが離れてしまって、わたしがグループになれるようなちょうどいい子が、他にいなかった。もっと性格の良い子たちのグループは、もう親友同士で固い繋《つな》がりができているように見えたし、本当に細くてかわいくて話も面白いような子たちのグループには、わたしが入っても居心地が悪いだけってわかる。もっと

「下」の……萌愛ちゃんにいつもいじられているようなグループには、入りたくない。

これは別にいじわるで言っているわけじゃなくて、萌愛ちゃんみたいな子から身を守るため、自分の評価を落とさないように付き合う子を選ぶというのは、重要なことなのだ。二年生はまだ始まったばかり。篠原さんみたいに馬鹿にされながら中二の一年を過ごすなんて、地獄だもの。

わたしは篠原さんと違って、こういうことがうまくやれる。ちゃんと人間を観察して、空気を読んで、自分の立ち位置を調節できる。

チャイムが鳴った。わたしと千紘ちゃんは自分の席へと戻る。午後の授業が始まっても、しばらくMさんのことを考えていた。萌愛ちゃんは、本当に南校舎三階の姿見の前に一人で行ってみるつもりなんだろうか？


「くっだらねー」

夕飯の席で、お兄ちゃんが言った。

「Mさんって、俺が一年のときに卒業予定だった先輩だよ。まだそんな噂残ってんの？幽霊なんていないって」

「でも、本当にMさんの力を借りて痩せた子がいるって」

「そんなん作り話に決まってんじゃん、バカだな」お兄ちゃんはあきれたように言い切ると、鶏《とり》のからあげを大きな口でほおばった。「つーかおまえ、痩せたい痩せたいっていっつも言ってるけどさ、そんな普通に米食ってたら難しいんじゃねえの」

お兄ちゃんは大学に入るまえの春休みから急に筋肉のトレーニングを始めて、炭水化物の量を減らし始めた。「こら」と、隣に座るママが口をはさむ。

「百花《ももか》はまだ中学生なんだから、白いごはん食べないなんて駄目。成長期なんだからね、脳に栄養を与えなきゃいけないでしょ。それに百花は、それ以上痩せなくてよし」

「だいたいさ、体重やＢＭＩの数値ばっか気にしたって意味ないよ。脂肪より筋肉の方が重いんだから、同じ体重でも鍛えてる人間の方がシャープになる。それにお前、骨密度とか気にしたことないだろ。スカスカの骨で軽くなったって意味ないし、その辺わかってないよな」

お兄ちゃんはここ数か月で身に着けた知識をべらべらと得意げに喋《しゃべ》り続ける。でも、痩せるということについてなにもわかっていないのはお兄ちゃんのほうだ。筋肉の量とか、骨密度とか、そういう言葉はわたしの望む「痩せたい」という感覚にはまるで無関係なものなのだ。そう思うのだけれど、じゃあ、その望む「痩せたい」という感覚が具体的にどういうものなのか、言葉で説明するのは難しい。だからわたしは黙って白いごはんを飲み込み続ける。意味なく筋肉を鍛える方がよっぽどバカみたい、と思いながら。

うちの学校の給食は、正直あまり美味《おい》しくない。

ごはんかパンの主食に、おかずが一、二品。汁物が一品に、フルーツやヨーグルトのデザートが出る日もある。それから牛乳の紙パックがひとつ。これで総量、850キロカロリー前後。今日は特別に、明日が創立六十周年の記念日だからということで、小さなケーキがひとつ付いた。

「少なめでお願い」

ひじきと油揚げの和《あ》え物を配膳しているわたしに、千紘ちゃんが言った。「ひじき、苦手なの」と。わたしはうなずいて、おかずの四角い食缶の中の、できるだけ黒っぽいあたりを避けて、油揚げの白い部分が多くなるように和え物をすくった。隣に並んだ萌愛ちゃんが、「あたしも少なめ」と甘えるような声で言う。「千紘ちゃんの半分でいいわ」

皆のぶんの配膳を終えて、わたしは他の当番の子たちと一緒に自分のぶんの給食をよそった。おかずも汁物も、量が調整できるものは萌愛ちゃんにすくったぶんよりも、さらに少なめの量を取った。

お昼休み、わたしは萌愛ちゃんに聞いてみた。昨日、ほんとうにMさんのところに行ってみたの？　と。萌愛ちゃんは、「やだモモちゃん、本気にしたの」と笑った。

「行ってないよ。まあー行きたい気持ちはあるけどね。でも五時四分って、五時に部活が終わってすぐでしょ？　あたしネットの片付けとかもあるし、体育館から南校舎までそんな早く行けないよ」

　萌愛ちゃんはバレー部だ。わたしは陸上部で、部活が終わるのは同じく五時。校庭から南校舎まで全力で走っても、四分というのは確かに厳しい。

「だからやっぱりさ、自力で痩せるしかないのかも。あーあ」

　萌愛ちゃんは大きく息をついて、教室の後ろをちらりと振り返った。また篠原さんをからかおうとしているのかも、とその視線を追ってみると、いつも自分の席で本を読んでいる彼女の姿がない。

「あれ、篠原さんいないね」

　同じことに気づいて、千紘ちゃんが言った。萌愛ちゃんは一瞬つまらなそうな顔をしてみせたけれど、すぐに小さく笑みを浮かべて「今日さあ、篠原さん、給食半分くらい残してたんだよ。せっかくのケーキも食べてなかったし」と、ひそひそ囁《ささや》いた。「あの人もダイエット、始めたのかもね」

　ママに頼み込んで、ごはんの量をようやくちょっと減らしてもらって、部活でも走り込みの本数を増やしたけれど、健康診断の日までに体重が落ちることはなかった。わたしは半年前より身長が一センチだけ伸びて、体重が一・七キロも増えていた。ＢＭＩは

×××になった。ほんのちょっぴり、太っている。萌愛ちゃんも似た結果だったようで、保健室を出て教室に帰るまでの間、わたしたちは肩を寄せ合って給食のカロリーについて文句を言った。

前を行く篠原さんの姿に気がついたのはそのときだった。一瞬、わたしは彼女とわからなかった。ふだん体育のとき、篠原さんは足首までがすっぽり隠れる長ズボンのジャージをはいている。制服の時も、脚が隠れるふくらはぎまでのスカート。それが今は、膝から下がすっかり見えるハーフパンツをはいていた。その脚が、なんだか少し、細く見えた。まじまじ見てみると、彼女のちょっと猫背気味な、大きくて広い壁みたいだった背中も、ちょっと小さくなっている、ような。

「篠原さん、痩せてない？」

思わず、わたしは声に出していた。聞こえてしまったらしく、篠原さんがさっと振り返った。その顔……首のあたりのラインが、前とちがう。ほんの二、三週間前、萌愛ちゃんにからかわれうつむいたときにはほとんど肉に埋もれるようだった顎が、きゅっと尖《とが》って見えた。篠原さんは何も言わず、すぐに前に向き直った。

「べつに痩せてなくない？」

萌愛ちゃんが言った。でも、その声はあきらかに不機嫌で、だから彼女も本当は気づいたのだとわかる。クラスで一番身体の大きな篠原さんが、痩せ始めたということ。

「無理なダイエットとかしてもさ、リバウンドするだけだし」

吐き捨てるように萌愛ちゃんは言った。

けれどそれからの数週間、篠原さんは痩せ続けた。

どう見てもぱつぱつに着ていたブレザーの中に、彼女が自由に動けるくらいの空間ができていくのがはた目にもはっきりわかった。顎に続いて、耳の横からの輪郭のラインが発掘されて、重たげだった瞼《まぶた》の上の肉も薄くなった。スカートからのぞく、象みたいにずっしりと堅そうだった脚も、健康診断の日よりもさらに細く、なめらかな曲線を描くようになってきた。そして篠原さんは、前よりも少し明るくなった。

制服が夏服に切り替わった日のお昼休み、萌愛ちゃんが言った。「このままだとあたしたち、クラスで一番デブになるよ」と。

あたしたち？　それって萌愛ちゃんと、わたしのこと？

「三人グループで二人もデブだったら、そんなのもうお笑いのグループじゃん。なにもしなくても笑われるよ。生きてるだけで笑われる」

二人もデブ。萌愛ちゃんは散々わたしを痩せてる子あつかいしてきたくせに、篠原さんが痩せてしまいそうになったら簡単にわたしをデブあつかいするんだ。一人だけデブになるのが嫌だから。

「そんなことないよ」

千紘ちゃんが言った。「二人ともぜんぜん太ってないじゃん。普通じゃん。だってそんなこと言ったら、南《みなみ》さんの方がぽっちゃりだし」

南さんは身長が一四〇センチくらいと小柄で、でも体重はわたしたちと同じくらいはありそうで、確かに篠原さんをのぞいたらクラスで一番BMIが高いかもしれない。でも彼女は色白で、にきびもなくて、ふんわり柔らかそうな、まるで絵本に出てくる女の子みたいな太り方をしている。おっとりした話し方とよく通る笑い声でみんなから好かれているし、こないだのテストの順位も良かったから、尊敬もされてる。誰も彼女を笑ったりしないし、デブとも呼ばない。

「南さんは違うじゃん」

「なにが違うの？　わかんないよ。ていうかそんな、体型なんて人それぞれだし、健康ならいいじゃん」

「あんたにはわかんないよ。バカだもん」

萌愛ちゃんが言った。千紘ちゃんは励ましてくれてるのにひどい言い方、と思ったけれど、わたしも正直、同じ意見だった。千紘ちゃんはバカで、空気が読めなくて、わたしたちの気持ちなんて絶対にわからない。

「ねえ、あたしは今日、行くって決めたから」

「え、行くって？」

「Mさん」萌愛ちゃんは短く答える。そして、「モモちゃんも一緒に行こう」、と。

「え……でも」

「お願い、一緒に行って。ていうか、これはモモちゃんのためにも言ってるんだよ。わかってる？」

そこで「私は止《や》めた方がいいと思う」と、千紘ちゃんがおずおずと、でもはっきりと口をはさんだ。「あんまり軽い気持ちで、そういう幽霊とかに、関わらない方がいいっていうか……」

「は？」

萌愛ちゃんが鋭い声を出した。

「千紘ちゃんさ、ほんとなんもわかってないよね。あたしたちがどんだけ真剣に痩せたいと思ってるか想像もできないんでしょ。軽い気持ちとか失礼なんだけど」

「でも……私、おばあちゃんに聞いたことがあるの。あのね、学校に出る幽霊は怖いんだって。学校って特別な場所だから。たくさんの子供たちの念とかね、想《おも》い？　とか、そういうのがずっと積み重なって、引き継がれちゃうから」

「わたし、行くよ」

だらだらとしゃべる千紘ちゃんをさえぎって、わたしは言った。わたしはやっぱり萌愛ちゃんと同じ意見だった。　痩せている千紘ちゃんに、　軽い気持ちだなんて言われたくない。

「それがいいよ。そうしよ」

萌愛ちゃんは教室の後ろを振り返り、また空になっている篠原さんの席をにらみつけて言う。

「あいつだって、ぜったいMさんのところに行ったに決まってるんだから。じゃなきゃあんなふうに、簡単に痩せたりするはずないんだから」

五時。わたしは南校舎三階のトイレを出たすぐの所にある、姿見の前にひとりで立っていた。部活が終わる三十分前に、具合が悪くてと言い訳して抜けて来た。特別教室へと続く廊下は窓からの西日が四角く射して金色の光を湛《たた》えていたけれど、わたしのいるあたりは濃い影が溜《た》まって薄暗い。静かだった。萌愛ちゃんはまだ来ていない。

彼女は来ないのではないか、という気がしていた。部活が抜けられないのかもしれないし、抜ける気がなくなったのかもしれない。気分屋なところがある子だから、昼間の絶対に痩せたいという気持ちが本物だったとしても、バレー部の子たちと楽しく喋ったりしているうちに、そんな切実さも忘れてしまったのかも。その身勝手さにあらためて苛立《いらだ》ちながら、わたしはさっぱり来る気配のない彼女をひとりで待つ。本当は、怖いのに。

幽霊なんているわけないと、頭ではわかっている。でもここにいると、頭ではなくて身体の表面、皮膚とか、うぶ毛とか、あるいはこの全身を覆う脂肪とかが、なにかを感じて落ち着かなくなる。だって実際、Mさんは実在してたんだから。お兄ちゃんの二つ上の先輩。がりがりに痩せて、骸骨のように恐ろしい姿で、彼女もここに立っていたんだ。わたしは大きく息を吐いて、怖いイメージを胸から吐き出す。

五時二分。奥まった廊下の影が、さらに濃くなった。わたしがぐずぐずと足踏みをしてまだ立ち去らないのには、約束をしたからという他にも理由がある。萌愛ちゃんとは違って、わたしの胸には切実さと焦りが消えずにあった。萌愛ちゃんがわたしを太ってる子あつかいしたこと。これから萌愛ちゃんは自分を『デブ』と自虐するとき、そこにわたしを加える気だ。まだ二年生が始まって二か月しか経《た》っていないのに、残りの十か月、ずっと『あたしたちデブ』と自虐に巻き込まれ続けるなんて、そんなの嫌。痩せなきゃ。とにかく急いで痩せなくちゃ。そのうちきっと、クラスの他の子たちもわたしをデブあつかいし始める。

壁に背中をつけて、わたしはまたひとつ息を吐きだした。それからあたりまえに時間が過ぎて、あっさりその時が来た。

五時四分。

わたしは両手を組み合わせて、目を閉じて祈った。

なにを祈っているのか、自分でもよくわからなかった。幽霊なんて出てきませんように、Mさんが出てきませんように、という祈りが半分。もう半分は、なんだろう。いろいろなものが混ざっていた。萌愛ちゃんに馬鹿にされませんように、クラスの皆に馬鹿にされませんように、誰にもデブと呼ばれませんように、虫けらみたいなあつかいを受けませんように、篠原さんみたいなあつかいを受けませんように。ちゃんと自分の立ち位置を守って、いじられる側じゃなくいじる側で、笑われる側じゃなく笑う側で、なにもかもうまくやれますように。

目を開けると、さらに暗くなった廊下の奥、姿見の中には手を組んで立つわたしの姿が映っていた。BMI×××の姿。組んだ指の間に、じっとり汗をかいていた。

Mさんが来ない。

ずっと止めていた息を吐く。緊張に高鳴っていた心臓が、少しずつ落ち着く。安堵《あんど》の後に、落胆が来た。Mさんが来ない。痩せる呪いをかけてくれるはずのMさんが――。

「Mさん」

もういちど目を閉じて、つぶやいた。

「痩せたいです。本気で痩せたいんです。どうかわたしを呪ってください」

そのとき、左耳になにかが触れた。なにか小さいもの――耳の穴の中で、ガサガサっと音がした。ゴミか虫でも入ってしまったような——わたしは慌てて耳を払って、穴に指を入れて確かめる。それで、音は消えた。ほっと息を吐いたところで、気配を感じて視線を上げる。

正面の姿見。数秒前までわたしが、痩せられない自分の身体を映していた大きな鏡。

そこに——Mさんがいた。

Mさんが映っている。

一瞬で彼女だとわかった。

なぜなら、ありえないほど痩せていたので。

骨に吸い付くようにこけた頬。眼球の形が浮き出た薄いまぶた。筋がむき出しの折れそうな首。半そでから伸びる二の腕はほとんど手首と同じ細さで、膝丈のスカートから伸びる脚も、足首まで真っ直ぐな枯れ枝のようだった。丸みや曲線の一切ない、人間じゃないみたいな姿。その薄い唇が、細い顎が、小刻みに震えている。

わたしは息を止めて、彼女を見ていた。彼女もまた、ぎょろりと飛び出た目でじっとわたしを見ていた。どのくらいの間そうしていたかわからない。ふいにMさんの瞳から、涙がひとすじこぼれ落ちた。その身体にまだ泣く水分が残っているなんて、不思議だった。次の瞬間、Mさんはなにか真っ黒なうごめく影に呑《の》まれて消えた。後に映るのは、大きく目を見開いて立ちつくす、わたし。

下校の鐘が鳴るまで、わたしはそこでじっとしていた。今見たもののことを考えていた。その姿――まるで人じゃないみたいな、生き物じゃないみたいな、無機質で、まるで健康じゃないその姿は――すごく綺麗《きれい》だった。

その日、夕食をひとくちも食べなかった。「食欲がないの」と言うとママはすごく心配して、せめてスープだけでも飲んだら？　果物なら食べられる？　塩おにぎりでも作ろうか？　としつこく部屋まで追いかけてきた。わたしはすべて断った。

お風呂場で着ているものを全部脱いで、自分の身体を鏡に映す。まず最初に、白いお腹《なか》が目に入る。肉だ。それから二の腕、ふともも、ふくらはぎ、ぜんぶに肉がついている。目を閉じて、Mさんの美しい身体を思い浮かべた。あれはなんだったんだろう。つい数時間前、南校舎三階の鏡で見たもの。あれはなんだったのか。怖くて、身体が震えた。でも、同じくらいに心が震えた。今はもう、夢だったみたいに思える。

朝食も食べないつもりだった。わたしは本当に、心の底から痩せるつもりでいた。Mさんがわたしを呪ってくれたのかはわからない。けれど、その姿を見ただけで胸を打たれた。彼女のようになりたいと、本気で思った。

けれど、ごはんを食べないでいることは思ったよりも難しかった。一食を抜いて眠っただけなのに、朝にはすっかり体力がなくなっていて、身体を起こすだけでつらい。立ち上がって数歩歩いただけで、すぐにふらふらになって座り込んでしまう。顔を洗って制服に着替えると、もう一歩も動けなくなった。このまま学校まで歩いていくなんてとても無理。

わたしは仕方なくテーブルに着いて、トマトとレタスのサラダと、目玉焼きを食べた。ドレッシングとソースはなしで、塩とコショウで喉に詰め込む。おいしい、とは感じなかった。手元のスマホで、目玉焼きひとつぶんのカロリーを調べるのに忙しかったから。ママはこの卵を焼くのに、どれくらい油を使っただろう。

教室のあちこちで肉がうごめいている。ひときわ大きな肉がわたしに話しかける。

「昨日、もしかして待ってた？」と。

「あたしさあ、ほんと昨日やばかったの。顧問の機嫌がすっごく悪くてね。最悪だったよ。だから、あたしは抜けたかったんだけど、ほんと無理だったの。ねえ、怒ってる？モモちゃん待たせてたら悪いなあと思ってたんだけど」

「怒ってないよ。ぜんぜん」

「ほんと？　よかったあ。もう、あの顧問マジでやだ」

萌愛ちゃんは大げさに机の上に倒れ込んでみせたあと、ふっと顔を上げて、真剣な目をこちらに向けた。

「ねえモモちゃん、ひとりで行ってないよね？」

「なにが？」

「Mさん。抜けがけしてないよね？」

「まさか。してないよ」

にっこり笑って答えると、萌愛ちゃんは安心したように顔の肉をゆるめた。

午前中はすぐにお腹が空《す》いてしまって、授業に集中できなかった。ぼんやりしているうちにお昼の時間になって、廊下から漂ってきた給食のにおいをかぐと、お腹がきゅうっと鳴った。今日の献立は、ごはんにワンタンスープ、豚肉のごま味噌《みそ》かけに、リンゴが一切れに牛乳。献立表のカロリー欄を見ると、『872キロカロリー』とある。冗談じゃない。

炭水化物はとらないと決めて、ごはんには手を付けなかった。スープも、ワンタンはより分けて食べない。牛乳は太らないと聞いたことがあったけど、それでも水よりカロリーが含まれていることは確かなんだから、飲まないにこしたことはない。肉だって果物だって食べないほうがいい。今日わたしが口にできるのはスープと、スープに浮いた野菜だけ。

そう考えていたのに——豚肉を食べてしまった。豚はわたしの好物だから。口に入れ噛《か》みしめると、薄く切られた肉の食感とごま味噌のしょっぱさ、甘さ、風味が舌から鼻を通りぬけて、思わず幸福のため息が出た。もうひとくち、もうひとくちと、気づけば肉を平らげていた。

もっと食べたい。うちの給食は美味しくないと思っていたけれど、食べ物というのは食べ物だというただそれだけで美味しいのだと、ほんとうに空腹になって初めて気がついた。

お箸を持ったまま、わたしはトレーの上に残った食べ物をにらみつけてじっとしていた。まわりの皆は、食べている。太っている子も痩せている子も皆あたり前のような顔をして872キロカロリーを口に運んではのみ込んでいく。どうしよう。どうしたらいい？　食べたい食べ物を前にして、それでも痩せたいわたしはどうしたらいいかわからない。ごはんとワンタンのお椀《わん》から、温かな湯気がのぼる。その匂いに、お腹がまたきゅうっとしめつけられるように鳴った。食べたい。食べていいかな？　いいよね？　しようがないよね、と、再びお箸を持ち上げたとき、目のはしがなにか、給食の中に動く物をとらえた。

お椀の中だ。

スープの中のワンタンから、小さな虫が這《は》い出している。

見たことのない虫だった。針金みたいに細くて黒い。足が八本、生えていて、ぐねぐね、びくびくと、痙攣《けいれん》するように動く。

「ねえ」

隣の席に座る千紘ちゃんに声をかけた。千紘ちゃんはちょうどワンタンのお椀に口をつけたところで、「ん?」と目で答えた。

「虫……虫が」

「え! やだ、本当? どっかから入っちゃったのかな。どこ?」

「こ……ここ。あ、こっちも。あ――」

つやつやと輝くごはん粒のすき間、みずみずしいリンゴの果肉の中、牛乳パックのストローの差しこみ口。次々と虫が這い出して、その上をのたうっている。

「どこ?」

千紘ちゃんがたずねた。真っ白なごはんからわき出す黒い虫を、わたしは指さす。千紘ちゃんは首をかしげて、「どこ? もう飛んでっちゃったんじゃない?」と答えた。

「――そうかも」

わたしは給食のトレーを机の奥に押しやって、うなずいた。「え、もう食べないの?」と千紘ちゃんがたずねる。気づけば彼女の手にしているお椀のなかにも、同じ、黒い虫がいる。

「――うん」

千紘ちゃんはびっくりしたように「でも、お腹すくよ」と言いながら、またお椀を口に運んだ。彼女のくちびるのはしに、虫が一匹、引っかかっている。

「いいの」

もうなにも、食べたいなんて思わなかった。

そしてわたしはごはんを食べるのを止めた。その日の給食だけではなく、家でママが作った食事からも、また次の日の給食からも、ごはんからもパンからも麺類からも虫はわいた。お砂糖の入った甘いお菓子や、油をたっぷり含んだスナックには、特に大量の虫がわきだした。どれも同じ、黒くて細い、針金のようにぐねぐねした、見るだけで不快な虫だった。真っ白なごはんの上を虫がのたうっていても、わたし以外の人はなにも気づかず、虫ごとおいしそうに口に運ぶのも同じ。

Mさんの呪いだ、とすぐに理解した。

Mさんがわたしの願いに応えて、呪いをかけてくれていたんだ。

食べてはいけないものをMさんが教えてくれている。その証拠に、野菜やお魚、脂身の少ないお肉やなんかには、虫はわかなかった。食べていいものもちゃんと教えてくれる。Mさんは痩せたい女の子の味方だから。わたしはその意図を速やかに理解して、無暗《むやみ》に怖がったり、怯《おび》えたりなんかしなかった。冷静に、おちついて、虫のわいていないものだけを選んで食べた。すると、簡単に体重は減っていった。お腹が空いた、お菓子が食べたい、白いパンが食べたいと思うこともあったけれど、いざそれらを前にすると、ふわふわの生地に開いた気泡のひとつひとつからうねうねと虫がわき出すものだから、もうゴミにしか見えなくなる。

一週間で四キロ減った。うれしかった。こんなペースで痩せられたこと、今までに一度もない。勇気を出して呪いをかけてもらって、ちゃんとうまくやれているという達成感もあった。二週目だって、もちろん頑張るつもりだった。でも、わたしが偏ったものしか食べなくなったことについていらいらした様子だったママが、ついに怒った。

「ちゃんと食べなさい」

ふわふわのオムライスを前に、強い口調でママが言う。食欲がないからサラダだけにする、と前もって言ったのに、ママは怖い顔をしてわたしの分もオムライスを作った。チキンライスをバターとお砂糖たっぷりの金色の卵で包んだママのお手製オムライスは、わたしの大好物だ。

「だって、食欲がないの」

嘘《うそ》じゃなかった。半熟の卵からうじうじと虫がわき出すさまは見ているだけでぞっと鳥肌がたって、とても食べたいなんて思えない。テーブルの隣の椅子では、お兄ちゃんが呆れた目をこちらに向けながら、大きな口でオムライスを飲み込んでいく。筋トレで食事制限をしているはずのお兄ちゃんも、このオムライスだけは食べるのだ。

「百花、嘘つかないの。ご飯のときはいつもそうやって残すのに、後でこっそり冷蔵庫の野菜だの豆腐だの食べてるのわかってるんだから。ダイエットしてるんでしょ？」

「ううん、別に」

「痩せたいと思うのは悪いことじゃないよ。百花の歳ならなおさらね、その気持ちはママもわかる。でも、ちゃんとバランスよく食べなさい。無理な食事制限なんて絶対ダメ。身体を壊すし、バカになるよ」

ママはわたしの前に、オムライスのお皿をずいっと押し出す。良い匂いがした。でも、虫。虫がいるの。そう伝えてみようかと視線を上げると、ママは厳しい目でわたしをにらんでいる。「食べろよ」と横からお兄ちゃんが言う。「ママが一生懸命作ったんだぞ」と。ポーズだけでも見せなければと、わたしはスプーンを手に取った。

スプーンを玉子に割り入れる。石をひっくり返したみたいに、ぞわっと虫が出た。ひとくちをすくって持ち上げる。このひとくちに、どのくらい虫がいるだろう。目に見えるだけで三匹、四匹。内側にきっと、もっといる。

「食べなさい」

ママが言う。スプーンを口元に運ぶとその匂いがよりはっきりと感じられて、お腹の底がよじれる感じがした。今日の給食はミニトマトふたつと、わかめのお味噌汁しか食べられるものがなかった。だからお腹はすごく空いてる。すごくすごく空いている。

「あーうまい」と、となりでお兄ちゃんがわざとらしく息を吐く。

「百花！　食べなさい」

わたしは目を閉じて、スプーンを口に入れた。口の中で、なにかがうごめく感触がした。でも、そんなのどうでもよかった。一週間ぶりに食べたごはんは、甘くて、しょっぱくて、温かくて――すごくおいしい。

わたしはお皿を両手にかき抱くようにして、次のひとくちをつめ込んだ。おいしい。バターにお砂糖。玉子にお米。鶏肉にケチャップ。そして虫。虫は不快だけれど、これといって嫌な味はしなかった。なんだ。ぜんぜん問題ないじゃない？　こんな虫なんて、目を閉じたらいないのと同じ。

五分もかからなかったと思う。わたしはオムライスを平らげた。ママは満足そうににっこり笑って、「ほら、やっぱりお腹が空いていたんじゃない」と得意げに言った。「やっぱり無理してたんでしょう。あのね、百花は今のままでじゅうぶんかわいいんだから。思春期の女の子ががりがりに痩せるなんて、絶対に駄目よ」

そうだね、とうなずいて、わたしは席を立った。「お風呂に入ってくるね」

二階の自分の部屋に上がって着替えをそろえているうちに、それはこみ上げてきた。口をおさえて我慢しようとしたけれど、だめだった。わたしはトイレにかけ込んで、ドアにしっかり鍵をかけた後、便器に顔をふせた。

それが済んだあとの便器には、あんなに素敵に思えたオムライスの残骸とともに、点々と黒い虫があちこちで、いまだ元気に、びくびくとのたうちまわっている。

オッケー。

別に、問題ない。

つまるところわたしは、ちゃんと呪いを吐き出せたわけだから。

わたしはうまくやれている。


二週間目で、さらに五キロ痩せた。あいかわらずごはんを我慢するのはつらかったし、我慢しきれなかったぶんの呪いを吐き出すのはもっと苦しかったけれど、痩せる喜びにくらべたらどうということはなかった。痩せたね、と人から言われることも増えた。席替えで隣になったクラスの一番おしゃれでかわいくて細いグループの子に「遠藤《えんどう》さんものすごく痩せたよね」と言われたときは、うれしくて一日中舞い上がってしまった。痩せれば痩せるほど、自分の立ち位置が上がっていく感覚がある。これからもっと痩せられたら、わたしも彼女のグループに入れてもらえるかもしれない。

今日の給食はコッペパンにウインナーソーセージが二本、コンソメスープに、ヨーグルトだった。給食の時間が終わりに近づいたので、コンソメスープ以外はすべて残したトレーを持って、配膳缶に戻しに行く。食べて吐いてもよかったけれど、今日は朝ご飯もぜんぶ平らげてからすっかり吐いてしまっていたので、お昼は我慢しようと思った。吐くという行為は身体にも美容にも良くないのだと、ネットで読んで知っていた。

胃酸で喉が傷つく、歯が溶ける、吐きダコができる、代謝が落ちて痩せなくなる、むしろ太りやすい体質になる、カリウムが不足して浮腫《むく》む、中枢神経に異常が出る、骨がすかすかになる、髪や肌がぼろぼろになる、集中力や記憶力が低下する、脳が委縮する、吐けばいいという意識から過食する、過食と嘔吐《おうと》の依存症になる、自分の意思ではやめられなくなる、食べることと吐くことしか考えられなくなる。そして、栄養失調で死ぬ。

わたしは呪いを吐き出すために吐いているわけだから、ただ食べ物を吐いている女の子とは条件がちがう。でも——吐かないで済ますのにこしたことはないだろう。吐いた後は、頭がぼんやりしてふわふわして、周りのことがわからなくなることが、よくあるし。

配膳台の前、わたしの後ろには篠原さんが並んでいた。食べ残しを入れる袋のなかに、彼女が半分ほど残ったパンを捨てるのを横目で見た。篠原さんはパンを半分も食べちゃったみたい。篠原さんが痩せる少し前からお昼休みに姿を消すようになった理由が今のわたしにはわかる。今日もこれから、食べてしまった分の呪いを吐き出しに行くんだろう。やっぱり彼女も、同じ呪いを受けたんだ。

仲間意識にじんわり胸が温かくなったとき、視線を感じて振り返ると、目を細めてこちらをにらんでいる萌愛ちゃんと目が合った。かわいそうに。痩せていくわたしたちを見ながらデブであり続けるのは本当につらいだろう。彼女の給食のトレーは綺麗に完食されていた。痩せる前、こんな人間の機嫌をそこねることを気にしていた自分が不思議でしかたない。

「遠藤さん」

名前を呼ばれ振り返る。クラス担任の先生がいた。「ちょっと、いいかな」と廊下を指さす。

うちの担任は数学担当の、ママと同い年くらいのおじさん先生。廊下に出た先生はまわりを気にしているふうで、なにか真面目な話なのだとわかった。わたしは最近授業中にぼうっとしてしまうことが多くなって、こないだの数学のミニテストもひどい結果だったから、それで呼ばれたのかもと思った。怒られる、嫌だな、とうつむいたわたしに、先生は静かな声で言った。

「遠藤さん、最近少し、顔色が悪いように思うんだけど」

顔を上げる。先生の黒いふちの眼鏡の奥、優しい目がこちらを見ていた。「あ、はい」とわたしはぼんやりうなずいた。

「先生の気のせいだったらいいんだけど。実は、保健の先生も同じことを気にしていてね。今日の昼休み、ちょっと話せないかなって。どうかな？　気軽にちょっと、おしゃべりするような感じでね。ほら、保健の先生なら歳も近いし、僕よりも話しやすいでしょう？」

先生は慎重に、ていねいに、言葉を選んでいる様子でゆっくり話した。保健の先生は、大学を卒業したばかりという若い女の先生だ。皆から人気があって、放課後は具合が悪くなくても保健室に遊びに行く子がいるくらい。そんな先生が、わたしを名指しで特別に心配してくれているというのは、なかなか悪くない気分だった。わたしは心配されている女の子にふさわしい神妙な態度で、「わかりました」と小さくうなずいた。

教室に戻って、机の上に組んだ腕に頭をあずけて目を閉じる。歩いたので疲れた。最近ますます体力が落ちて、すぐに息切れする。

「大丈夫？」

上からの声に顔を上げた。南さんだ。おっとりした、温かくてやわらかな声。

「あ、ごめんね起こしちゃって。具合悪いのかなって思って」

「ううん、大丈夫。ちょっと貧血気味なだけ」

ありがとう、と笑みをつくると、南さんもやわらかくほほをゆるめて、「よかった」とふんわりと笑った。

その笑顔を素敵だと思っていたことがあった気がする。ふわふわやわらかくて、かわいくて、こんなふうに笑えるなんてうらやましいとさえ。こんな肉のかたまりに、どうしてそんなこと思ったりしたんだろう。

食べ物に虫がわくことも、虫を食べて吐き出すことも、そのうちすっかり日常になった。わたしは素晴らしいペースで痩せつづけ、昼休みや放課後には頻繁に保健室に呼ばれるようになった。保健の先生はわたしが行くたびに心配そうな、痛ましそうな、気づかわしげな目を向けて、「なにかつらいことはない？　悩んでいることはない？」とていねいに話しかけてきた。悩みがないかなんて、痩せる前は聞かれたことがなかった。痩せる前のほうが悩み事は多かったのに。

「ご飯はどう？　今週は前より食べられたかな？」

わたしの体型について、先生はしだいにストレートに口にするようになってきていた。あなたは健康的な痩せ方をしていない、もっと太らなくてはいけない、と。

「先週よりは……まあまあです。でもやっぱり、あんまり食欲がなくて」

たいしたことじゃない、と思われるように、軽く笑ってそう答えた。わたしは前より笑うことが多くなった気がする。笑っていないと、みな恐ろしそうにわたしを見るから。

「そう……うーん、そっか。やっぱり、心配だな。前にもちょっと話したけど、遠藤さんの体重だとね、身体に負担がかかるし、生理も止まっちゃったりするから。夏休みまでにせめてプラス一キロ、目標にしましょう。もしこれ以上減るようだったら、やっぱり保護者の方にも相談して、病院に……」

「うちの親、忙しくて」

病院という言葉を押しのけるように、わたしは言った。

「でも、わかりました。一キロ増やせるように頑張ってみます。頑張って――健康になります」

今日は五時間目の体育の時間に貧血で動けなくなって、そのまま保健室に来たのだった。ベッドに横になって、少し眠った。夜深く眠れないせいか、昼間眠くて仕方ない。わたしはますます不健康で、心配されるべき女の子になっている。これはうれしいことだ。「病弱な女の子」というのは、バカにされたり、雑に扱われたりすることのない素晴らしい肩書きだもの。

ありがとうございました、と礼儀正しく保健室を出た。夏休みまであと二週間。それまでに一キロ体重を増やさなければ、病院に連れていかれて「治療」をされてしまう。健康になってしまったら、せっかく手に入れた肩書きを失う。ネットで調べてみると、わたしのBMIはすでに入院が必要とされる一歩手前のところまできているみたいだった。でも大丈夫。一キロ増やすなんて簡単だ。体重測定のときに、お兄ちゃんがトレーニングに使っている重りの入ったリストバンド、あれを借りてくれればいいだけだから。

わたしはなにもかもうまくやれている。

ふらふらして、ぼんやりする。

今日の給食は、鶏の照り焼きにほうれん草のバター炒《いた》め、けんちん汁に、グレープフルーツだった。配膳台から机に戻るまでのあいだに、トレーの上はうじゃうじゃとわいた虫で真っ黒になった。まったくうんざりする。今日は食べられるものがけんちん汁くらいしかない。いただきます、の号令の後、お椀の中のニンジンをお箸でつまむと、鮮やかなオレンジ色から黒い虫がにゅっと顔を出した。わたしは深くため息をついた。

最近、虫のわく食べ物が増えた。野菜であっても、根菜はもうだめみたい。豆類、芋類もだめ。お肉は、豚肉と牛肉がだめになった。お魚は、身と皮の間に特に虫がわく。そうなった理由はわかっている。わたしの体重が、落ちづらくなったから。

痩せ止まり、というやつだ。ダイエットを続けていると、どうしてもそういう時期が来る。身体が少ない食事になれてしまって、最初の頃よりも体重が減らない。だから、もっと食べる量を減らせとMさんは言っているんだ。

でももう、我慢の限界。わたしはいただきますの号令が終わらないうちに箸を手に取り、手あたり次第なにも考えず、目を閉じて食べ物を口に運んだ。

隣の席の太った子が「百花ちゃん、今日はいっぱい食べるんだね」と驚いたように話しかけてきたけれど、無視した。早く食べなければ。早く食べて、早く吐き出さなければいけない。こうしている間にも、先に食べた呪いが身体に吸収されてしまうから。

給食の時間が終わるのと同時に、わたしは教室を出て南校舎へと向かった。永遠に続くみたいな階段をなんとか登り切って、三階にたどり着く。お腹の中で虫がのたうつおかげで、吐き出すのは簡単だった。さっさと済ませてトイレを出て、姿見の前に立ち自分を映す。痩せている。二か月前に同じ場所に立って痩せたいと願った自分の姿なんて、もう思い出すこともできない。頭蓋骨の形が浮き出るような、ほほとまぶたの痩せ方がMさんにそっくりだ。彼女の美しさに、わたしは日に日に近づいている。

鏡の中の像が満足そうにほほ笑んだとき、階段を上がってくる足音が聞こえた。篠原さんかしら、と思った。彼女もここまで呪いを吐きに来たのかも。でも違った。息を切らして現れたのは、萌愛ちゃん。「モモちゃん」と、分厚いくちびるがナメクジのように動く。

「あたし、先生に言うから」

「え――なにを？」

「今、吐いてたんでしょ。だめなんだよ、そんなことしちゃ。授業でも習ったでしょ？痩せるために吐いたりしちゃ、絶対だめなんだから」

わたしはにっこり笑って、「吐いてないよ」と答えた。萌愛ちゃんはバカだ。先生はわたしが吐いてることなんてとっくに気づいているだろう。

「じゃあ、なにしにここに来たっていうの？　吐くためじゃないの」

「別に、なんとなく。鏡を見に来ただけ」

「Mさんと話してたの？」

「え？　……そんなわけないじゃん」

「嘘だよ。嘘ばっかり。モモちゃん本当は、Mさんと会ったんでしょ。じゃなきゃそんなに痩せるわけないじゃん！」

意地になったように大声を出す萌愛ちゃんが、わたしはちょっと気の毒になった。萌愛ちゃんにも、教えてあげてもいいかもしれない。Mさんの呪いは本当だったってこと。

「そうだよ」

病弱な女の子の優しさでもって、わたしは答えた。「Mさんは本当にいたの。それにね、やっぱりMさんは痩せたい女の子の味方だった。わたし、すっごく簡単に痩せられたよ。だから、萌愛ちゃんもMさんにお願いしたらいいよ。そしたら萌愛ちゃんもMさんみたいに、わたしみたいに痩せられるよ」

「嫌」萌愛ちゃんは顔を歪《ゆが》めた。「絶対に嫌。あたし、あんたみたいになりたくないもん」

「は？」

「がりがりで、可愛《かわい》くもなんともないじゃん。ぜんぜん素敵じゃない。綺麗でもないし、不気味って感じ」

「ああ、そう」

　萌愛ちゃんみたいなバカなデブには、優しさも親切も伝わらないみたい。

「いいんじゃない、勝手にデブのままでいれば。Mさんは萌愛ちゃんみたいな子、好きじゃないだろうから。やっぱり痩せたいって思っても、Mさんには頼らないほうがいいよ。痩せられなくて呪い殺されちゃうからね」

「呪い殺されてるのはあんたでしょ」

　なにそれ、バカな負け惜しみ、と言おうとしたそのとき、立ちくらみがした。いつもの貧血だ。わたしは膝に手をついて頭を下げ、血がのぼってくるのを待つ。

「ほら。みんな言ってるよ。あんたはもうすぐ死ぬって」

「――死なないよ」

「死ぬよ。ぜったい死ぬ。あたしのママも言ってたもん。Mさんはママの三つ上の先輩だったんだから。あんたと同じように、がりがりになって死んじゃったんだって」

　死なない。Mさんは痩せたい女の子の味方だから。Mさんは――ママの三つ上の、先輩？

「モモちゃんが悪いんだからね。あたしに嘘ついて抜け駆けしたから。あたしと千紘ちゃんは、止めたほうがいいよって言ったのに」

「待って。萌愛ちゃんのママ？　萌愛ちゃんのママの先輩が、Mさんだって言ったの？」

「え……そうだよ。ママはうちの卒業生だもん。モモちゃんの話をしたらね、すぐにそれって、Mさんの呪いじゃない？　って。あたしより詳しかったんだから」

おかしいな。Mさんはお兄ちゃんの二つ上の先輩だって聞いたのに。歳が合わない。それってつまり……どういうことだろう？

「かわいそうに、って言ってたよ。あんたのこと。見た目にこだわって死んじゃうなんて、かわいそうって」

捨て台詞《ぜりふ》のようにそう言って、萌愛ちゃんは階段を駆け下りていった。追いかけていって言い返したいことがたくさんあったけれど、まだ頭がくらくらして無理だった。しゃがみこんで回復するのを待ちながら、今言われたことについて考える。お兄ちゃんの先輩のMさんと、萌愛ちゃんのママの先輩のMさん――Mさんって、二人いるのかな？

複雑なことを考えるのは難しかった。給食は全部呪いとともに吐き出してしまったから、考えるためのカロリーが足りない。わたしが死ぬ？　いや、大丈夫だ。だって、篠原さんだって死んでいない。わたしより先に呪いを受けた彼女がまだ生きているんだから、わたしはまだ大丈夫。わたしは篠原さんなんかより、ずっとうまくやってるし。

でも、気になった。わたしに呪いをかけたMさん。彼女はいったい誰なんだろう。そういえばわたし、Mさんのことをなにも知らない。Mさんがどんな性格の女の子だったのか、知らない。どんなものが好きで、どんなものが嫌いで、どんなことで笑って、どんなことで怒っていたか知らない。痩せるということをどう考えていたのか、そして、痩せるということ以外にはどんなことを考えて生きていたのか、まったく知らなかった。

わたしはMさんの外見しか見ていなかった。

Mさんがすごく痩せているということしか目に入っていなかった。

そういえばMさん、初めて会ったとき、泣いてたっけ。どうして泣いてたりしたんだろう。何がそんなに悲しかったんだろう、今まで考えてみたこともなかった。

篠原さんに相談してみようか、と思った。彼女なら、わたしが知っている以上のMさんを知っているかもしれない。明日のお昼休みにでも、呪いを吐きに席を立つだろう篠原さんに付いていってみようか。もちろん話しかけるのは、彼女が呪いをすべて吐き出し終わってからだ。同じ呪いを受けているもの同士、そういうマナーはきちんと守らなくては。Mさんのことを聞いて、そして――わたしたち、死なないよね？　って、いちおう確認してみよう。明日、絶対聞いてみよう。

なんとか立ち上がって、階段に向かう。一歩を踏み出したそのとき、目のはしに黒いものが見えた。ぐねぐね、びくびくしている。目の中に、虫が。

＊＊＊

良い香りがする。空は青く高く晴れて、窓越しにセミの鳴く声が遠く聞こえる。それでも冷房の効きすぎた室内は肌寒く、私はさっきから鳥肌のたった腕を何度もさすってばかりいる。ほんとうなら、今頃は熱い太陽の下、体育でプールに入っているはずだったのに。そんなことを考えると、お線香の良い香りに混じって、塩素のにおいが香った気がした。なんだか落ち着かない気分だ。同級生のお葬式に出るなんて、初めてのことだから。

百花ちゃんは南校舎三階の階段から、誤って落ちてしまったのだと聞いた。両手、両足、頭蓋骨、その他たくさんの骨が折れて、数本のあばら骨なんかは肺に突き刺さっていたんだと、どこからか聞いてきた萌愛ちゃんが恐ろしげに話していた。厳しいダイエットをしていた百花ちゃんの骨はすかすかで、すっかりもろくなっていたらしい。

遺影の写真は以前の、痩せるまえの百花ちゃんのものだった。彼女はあっという間に痩せたから、遺影になるような写真を撮る機会もなかったのだと思う。と言っても、痩せる前の百花ちゃんだって、別に太っていたわけでもない。私がどんなにそう言っても、彼女は信じてはくれなかったけれど。

「千紘ちゃん、ティッシュ持ってる？」

隣に座る萌愛ちゃんが言う。私はポケットからティッシュを取り出して、萌愛ちゃんにあげた。萌愛ちゃんは大げさに鼻をすすって涙を拭いた。クラスの代表として、百花ちゃんと仲が良かった私たち二人と、くじ引きで選ばれた数人の女子がお葬式に参列している。他に知っている顔は、担任の先生と保健の先生くらいしかいなかった。あとは知らない大人たち。後ろの席に座った年配のおばさんふたりが、こそこそとおしゃべりをするのが耳に入る。

「ねえ、またあれのせいなんじゃないの」

「あれって……まさか」

「だって見た？　棺《ひつぎ》の中のお顔……。ほほに綿入れてるんだろうけどさ、それでもまあー痩せちゃって」

「まあねえ……。でもほら、年頃の子だから」

「それにしても多すぎよ。つい五、六年前にもあったでしょ。あのお嬢さんも痩せすぎが原因だったって。あたしたちの頃とおんなじじゃない？」

「じゃあまた……黒――様の呪い？」

振り返ると、おばさんたちと目が合う。ふたりはそれで、ぴたりとおしゃべりを止めてしまった。不思議な単語が聞こえた。黒……虫、様？　いちども聞いたことのない言葉だった。でもそれはなんだか、私たちの言う「Mさん」のようなニュアンスを持って聞こえた。そしていつだったか、百花ちゃんが給食を指さして、虫がいると言い出したことを思い出す。

「……だから言ったのに」

幽霊なんてよくわからないものに、軽い気持ちで関わらないほうがいいって。学校に出るおばけは怖いんだって。特にうちみたいな、何十年も子供たちを閉じ込めてきた古い学校の幽霊は、気楽な噂話なんかでは語りつくせなくて、どこまで正確な情報が伝わっているのかも確かじゃなくて——でもなんとなくわかるのは、さんよりも、様のほうが、なんだか偉そうで、怖そうだってこと。

もしかしたらだけど、Mさんは呪っていた側の子じゃなくて、呪われた側の子だったのかな。それなら、Mさんが痩せたい女の子の味方であったとしても、何の役にもたたない。いじられる側とか、笑われる側とか、誰がどちら側にいるのかをすごく気にしてた百花ちゃんも、Mさんがどっち側だったのか、わかっていなかったのかも。

私は萌愛ちゃんのふたつ向こうに座る篠原さんを見た。篠原さんも、すごく痩せた。でも、もともと彼女はちょっと不健康なくらいに身体が大きかったから、今も別にそれほど病的に痩せ細っているというわけではない。今すぐ呪いで死んでしまいそうには見えない。

お葬式が終わって、私たちは建物の外に出た。百花ちゃんが車に載せられるのを見守る人々のすき間を抜け、私はそっと篠原さんの側《そば》によって、彼女に声をかけた。「ねえ篠原さん。篠原さんも給食に虫が入ってるの？」と。篠原さんはびっくりしたような顔で振り返った。

「え、虫？」

「うん。あのね、百花ちゃんが言ってたんだよね」

「なにそれ……気持ち悪いね。私、虫って苦手」

「あれ？　そうなんだ」

おかしいな。じゃああれは、別に関係なかったのかな。「でも……それじゃあ、Mさんの呪いってどんななの？」

「Mさん？　ああ……ごめん、私、怖い話も苦手で」

「あれ？　でも篠原さん、痩せたじゃん」

篠原さんは苦笑いを浮かべて、「痩せろって言われたの、病院の先生に。私喘息《ぜんそく》持ちだから、このままだと悪化するって」とあっさり答えた。

「だから食べる量減らして、運動して、お昼休みも歩いたりして……それでなんとか、痩せたの」

なんだ。そうだったんだ。

「すごいね、ちゃんと健康的に痩せるなんて。篠原さんって努力家なんだ」

そういえば、私は篠原さんのことをよく知らなかったな。クラスで一番太ってる子、ということしか知らなかった。彼女の体型ばかり見て、篠原さんがどんな子なのか、どんな性格でどんなふうに考えて、どんなに努力ができるのかということも知らなかった。

篠原さんは「そんなことないよ」と言いながら、うれしそうに笑った。

そして私たちは、百花ちゃんを載せた車を見送った。さようなら百花ちゃん。もしかしたら、南校舎三階の姿見の中をのぞけば、また会えるのかもしれない。けれど新しい「Mさん」も、その後ろにいるよくわからないなにかも怖いから、私は絶対そこには行かない。

Ghost Stories in the school

七番目の七不思議

清水 朔

清水 朔

しみず・はじめ

佐賀県唐津市生まれ、福岡県在住。2001年「神遊び」で集英社ノベル大賞・読者大賞をW受賞。17年『奇譚蒐集録―弔い少女の鎮魂歌―』が日本ファンタジーノベル大賞最終候補となった。他の著書に『奇譚蒐集録―北の大地のイコンヌプ―』『神遊び』、アンソロジー『あなたの後ろにいるだれか　眠れぬ夜の八つの物語』『狩りの季節　異形コレクションLII』がある。

1

「おはよう寒いね～、足元気を付けて～」

マフラーにマスク、帽子に手袋。鉄壁の防寒着姿で旗当番のおばさんが声をかけてくれている。特徴のあるあの高い声——今日の当番は同じクラスの伸二《しんじ》のお母さん、レミママだ。

「俺は大っ丈っぶ……あっ！」

駆け出した長靴の男の子がその言葉尻も消えないうちに足を取られて前方に転《こ》けるのが見えた。

ザーッと湿った雪の音がする。

「あーあ」

思わず声が出てしまった。隣の茜《あかね》も顔をしかめている。

転んだ男の子は見覚えがある。あれはたしか一つ下、四年の男子だろう。白いダウンは泥で汚れて雫《しずく》が滴っている。ズボンの前も、太ももから膝まで濃い泥染み。起き上がったはいいが、今にも泣きそうだ。

　レミママがすっ飛んできた。

「怪我《けが》はない？　風邪ひくといけないからすぐ拭かなきゃ」

　男の子は見るからにしょげている。抱きかかえられるようにして横断歩道を渡った。それを見送っていたら、あいつが視界に入ってきた。

「サイアク」

　心の声が漏れる。茜は苦笑したようだった。

　横断歩道は小学校の正門と裏門の前にそれぞれある。裏門を入るとすぐに二宮金次郎《にのみやきんじろう》像が立っている校庭があり、左へ行くと児童たちの昇降口、右へ回ると正門へ通じる来客用の玄関になっている。

　その玄関からこちらへ向かって歩いてきた男は、レミママに付き添われて歩く男の子を見て、あからさまに顔をしかめた。こんな日に走るからだ！　と聞こえよがしの大声を張り上げている。レミママがすごい形相で振り返った。男の子は振り返ることもできず、ただ小さな背中をさらに小さくしている。

「こーちょーせんせい、おはようございます！」

「おはよう！　みんないい挨拶だねっ！　挨拶は生活の基本！　基本をおろそかにしてはいけません。走ってもいけません！」

挨拶をしているのは低学年の女の子だけだ。上級生になればなるほど、みんな早足で通り過ぎていく。

つやつやに固めた前髪と陽に灼《や》けた浅黒い肌、不自然すぎるほど真っ白に輝く前歯を光らせて、どんどん近づいてくる。

「みんなおはよう！　おはよう！　……おや」

人の流れに乗って足早に通り過ぎようとした時だった。

「おはよう！　聞こえないのかな？　おはよう？」

通せんぼをするように両腕を広げて目の前に立ちはだかる。俺は顔をあげて、おはようございます！　と大声で叫んでやった。

「行こう、遅刻する」

茜の手を取って行こうとしたが、あいつは立ち塞がったままだ。

「まだ遅刻するような時間じゃないよ。それよりちゃんとご挨拶をしよう。爽やかな一日のはじまりだ。ね、おはようございます、津曲《つまがり》あ・か・ね、ちゃん？」

ギリ、と俺は歯を鳴らす。茜はぺこりとお辞儀をした。

「どうしたのかな、茜ちゃん。おはようございますだよ。はにかみ屋さんも個性だけど、挨拶は生活の基本だからねえ？」

にやにやしながら茜を眺めてくる。茜は無表情だ。

「おかしいなあ、お母さんのお話では長引かないということだったのになあ。もしかしてまだ声が出な……」

「あら？　先生〜おはようございまぁす!!　お寒いですねえ!!」

校長の背後からものすごい音量の声が響く。甲高い声——レミママだ。戻ってきたらしい。

完全防備のマスク越しにもよく声が通る。さすがはママさんバレーの主将だ。

「雪の日に外で立ち話なんて。足元から寒気が這《は》い上がってきますから風邪をひきやすくなるんですよぅ？　さ、子どもたち、早く教室に入って入って〜」

目顔で早く行け、と促してくれる。俺は茜の手を引いて校長の脇をすり抜けた。

「待ちなさい、話はまだ」

「あらやだ先生、綺麗《きれい》な革靴ですね！」

レミママの長靴が雪を蹴って、校長のぴかぴかの茶色の革靴の上に飛ばし始めた。

「革靴って、一度水が滲《し》みたら取れないんですよね。知ってました？」

ぎょっとした顔になって、校長は思わずレミママから距離を取る。

「ウチの主人もまあ、何足もダメにしたものですけど、先生はお金持ちでいらっしゃるから余裕がおありですね、こんな日に革靴なんて。カッコイイ！」

ほほほ、と笑いながらつま先でさらに雪を蹴飛ばそうとする。たまらず校長は、他の子に挨拶をするふりをしながら逃げ出していった。

「ありがとーレミママ！」

控え目に言うと、手袋の親指を立ててくれた。

茜が笑って手を振っている。

（やるねレミママ）

声にならずとも、茜の思ってることはよくわかる。伊達《だて》に双子はやってない。

俺も親指を立てて見せた。

＊＊＊

「出席とるぞー、相浦《あいうら》しょうー」

はーい、と大きな声が順繰りに回っていく。

「蒼太《そうた》蒼太」

呼ばれて振り向く。俺の後ろの席は伸二だ。

「今日校門でゴキブリに捕まってたんだって？」

「……なんでそれ知ってんだよ」

ゴキブリとは校長のあだ名だ。あいつがこの小学校に来たのは去年だが、着任早々若き教育革新派、なんてキャッチフレーズのポスター（自費制作らしい）を、校長室はもちろん、職員室、廊下にまで張り出していた。ほぼ選挙ポスターだ。数年後には実際に選挙に立候補する気らしいとの噂《うわさ》もあり、一部の支持者以外は、みんな胡散臭《うさんくさ》いものを見るような目を向けている。

俺は口をへの字に曲げた。

「また茜に絡みやがってさ」

俺たちがあいつを嫌うのには理由がある。

約二年前、俺たちが小四の春だ。帰宅途中、よそ見運転のトラックの後輪に巻き込まれる事故に遭った。俺はランドセルを引っかけられ弾《はじ》き飛ばされて右腕を骨折。降ってきた俺にぶつかられた茜は頭から地面に倒れ、一昼夜意識不明となり、起きた時には言葉がしゃべれなくなっていた。声帯や臓器、脳機能に問題はなく、いわゆる事故のショック、心因性のものだという。

失声症、というやつらしい。

「佐井《さい》ー、佐井しんじー」

「はいっ！」

嚙《か》みつくように返事をして伸二は拳を握りしめる。

「ゴキブリ、あの野郎マジで許さん！」

俺は苦笑した。伸二は幼稚園の頃から茜が好きなのだ。

「津曲ー、津曲そうたっ!」

はーいっと俺も大声を出す。

茜は声が出ないだけで日常生活に支障はない。クラスも担任ごと持ち上がりだったので、全員が事情を知っている。だから出欠の返事も挙手制へと変えてくれた。優しいクラスメイトたちだ。

一時的な失声症だと診断をされたものの、茜はまだ声が出ない。それを知ったゴキブリは学期末の保護者面談の席に予告なしで単身乗り込み、母さんに向かって特別支援学校への編入勧奨を持論とともにぶちかましたという。

その場で茜の担任が怒って校長を追い返してくれなかったら、SNSで実名あげて大炎上させてたね、と母さんが息巻いて帰ってきた日をよく覚えている。

それ以来、あいつは俺たちの天敵になったのだ。

「校長室の前に油を撒《ま》いてやろうかな」

伸二はレミママの息子だけあって気が強い。犯罪者にはなるな、と宥《なだ》めた。

出欠を確認した後、担任は誰かに呼ばれて廊下に出ていった。とたんに教室内がざわつきはじめる。伸二が席を立って俺の机の上に座る。

「なあ、今日放課後どうする。時間まで図書室行く?」

そうか、と思い当たった。

「今日バレーの日だっけ」

レミママ率いるママさんバレーボールチームは金曜の放課後と土曜日に小学校の体育館で練習している。今日は練習日だ。うちの母さんもメンバーで、俺たちは母さんたちがくるまで学校で待機する。持ってきてもらった晩御飯を食べて練習を見学して（時には混じって）、それから一緒に帰るのだ。

「ついでに学級新聞の作成付き合ってよ。茜にまたお願いしたいんだ」

「またって毎回じゃん」

「だって茜、上手《うま》いんだもん」

伸二はちゃっかりしている。

「今月何書くんだよ」

ほらみんな席に着けー　と担任が戻ってきた。伸二は席に着きながら、そのそばかすの散った鼻に皺《しわ》を寄せて笑った。

「学校の七不思議・最終回——涙を流す校庭の銅像、だよ！」

2

『ベッタベタよね』

茜が一瞬で文字を打ち込む。キータッチはおそらく先生たちより早いだろう。

「えー、茜ひどいー」

言いながら伸二は顔が蕩《とろ》けている。

図書室のパソコンはネットの規制こそあれど、児童が自由に使えるようになっている。ここでなら茜も自由に話ができる。

「トイレの花子さん、音楽室のベートーベンの目玉が動く、音楽室のピアノが零時に鳴る、南棟の屋上前の鏡から手が出ている、女子トイレの合わせ鏡に未来の自分が映る、階段の段数が一段違う、そして校庭の銅像が涙を流す」

二月の新聞が最後だからさ、と伸二は鼻の下をこする。

「逆算して八月から一つずつシリーズにしていって大好評だったじゃないか」

大好評ねえ、と俺と茜は失笑する。

『全部最後の結びは同じなのに』

茜は厳しいなあと伸二は言うが、その大部分を書いたのは当の茜である。

『『今回は不思議に出会えなかった我々ですが、次の目撃者はあなたかもしれません」なんて』

そうなのだ。トイレの花子さんもそのほかも、ホラーや怪談好きの担任の同行の元、夜中に張り込みまでしたのに、何一つ不思議なことは起きなかったのだ。

「でもさ、銅像なら写真も撮れるじゃん」

『ヤラセはダメだよ』

仲二はうなだれている。とはいえこのやりとりは毎回の儀式のようなものだ。ヤラセでもなんとかみんなの目を引きたい仲二と、ズルを許さない茜。茜がいなかったら、デタラメででっち上げな新聞になって非難が集中したかもしれない。それを毎回失敗とはいえ、フェアな奮闘記として読ませる記事にしたことで、ワンパターンでも面白い新聞として少しずつ見直されてきている。仲二はそれに気づいていないけれど。

『でもさ、銅像の涙っていうけど、それって結露だったりするんじゃない？』

「ゆいろ？」

『けつろ。水分をいっぱい含んだ暖かい空気が冷やされると、空気中の余分な水分が出てくるの。昼の間に温められた空気が、夜に冷やされることで銅像の表面に結露として水分がたまり、それが流れて涙に見えるなんてことはよくあることでしょ』

「じゃあ昼間の涙は？」

『朝に降りてるのは霜よ。それが解けて涙に見えることもあるでしょう。つまり銅像の涙は秋から春先にかけてが多いんじゃないかな。夏場の目撃談はないんじゃない？』

「茜すげえ……！」

伸二が目を輝かせている。

「じゃあさ、泣き声は？　泣き声も科学的に解ける？」

『泣き声？』

俺も画面から目をあげた。

「なにそれ」

「え、蒼太も知らねえの？」

不思議そうに首を傾《かし》げている。

「ケンがさ、こないだ塾の帰りにさ……」

ケンは自転車で塾に通っている。家と塾の中間地点に学校があるため、どうしても裏門の前を通るのだが、その時に子どもの泣き声を聞いたのだそうだ。

「気のせいじゃない？」

「それがこないだで四回目だって」

今年に入って急に頻度が増したという。

『同じ子どもの声？』

「いや、バラバラ。男の子だったり女の子だったり。しかもうち一回は犬の声だったたって」

伸二は面白がってる。

「犬って……どこかの家で鳴いてんじゃないの」

「俺もそう思ったんだけど」

ケンは絶対に違うと言い張っているという。

「犬の声も……ああ、子どもの泣き声もだけど、みんな裏門の内側から聞こえてくるんだって」

さすがに校門は夕方以降は閉ざしてあるため、中に入ることはできない。

「犬の時はクゥーンクゥーンって鳴いててさ。思わず中に入っちゃおうかと思ったんだって」

『他の人には聞こえないの？』

「聞こえてたらとっくに通報されてるんじゃね？」

そりゃそうだ、と声に出さずに茜が言う。

「だって聞いたのはあのケンだから」

俺も眉をひそめた。

幼稚園の頃から一緒だったからよく知ってる。あの頃、ケンは泣き虫だった。いつも泣いていた。その原因はいつも、俺たちには見えないけれどケンには見える何かだった。

小学校に上がった頃からだんだんと落ち着き、妙なことを口走ることもなくなったし、泣き虫でもなくなった。クラスが分かれてしまってからは、ずいぶん落ち着いておとなしくなったらしい。もっとも俺たちが集まるといつものケンなのだが。

ケンと遊びに行くときは必ず彼の言葉に従った。止《や》めようという場所には近づかないようにした。二、三日以内に、そこでなんらかの事故が起こることを、俺たちは知っているからだ。大人に言っても信じてはくれなかったけれど。

ケンは誰かの気を引くために、くだらない嘘《うそ》を吐《つ》くようなやつではない。

「学校から聞こえる、子どもと犬の泣き声か……」

銅像の涙より、よほどリアルな怪談ではないか。

「前の戦争で亡くなった犠牲者の霊とかかな」

冷静に茜がキーを叩《たた》く。

『この学校が建ったのは昭和四十年、戦時中は特段被害もない場所だったでしょここは』

「すごいね茜、よく知って」

『忘れたの？　一つめの七不思議の時に調べたじゃない』

そうだった、と伸二が肩をすくめた。

「月曜日にでもケンに話を聞いてみるか」

そうだね、と茜が立ち上がる。そろそろ母さんたちが来る時間だった。

3

「涙を流す銅像、ねえ」

練習が終わって、母さんたちと歩いて帰宅する。もう雪はだいぶ解けていて、黒々としたアスファルトの端っこに汚い塊が残っているだけになっていた。

「よくある怪談よね。まあ二宮金次郎像自体、ある小学校も珍しくなってきたからねえ」

「そうなの？」

そうよ、とわざわざ二宮像の前で止まる。ライトで照らされた夜の銅像は、とても不気味だった。茜も像を見上げている。

「二宮金次郎の家が貧乏になったのは、災害に遭ったからなんだって。しかもお父さんが病気を患ってしまって。だからまだ少年なのに一家の大黒柱として働きに出たのね。当時は労働基準法も児童福祉法もないから、子どもだからといって容赦してはもらえない厳しい社会だったんでしょう」

「そういえばゴキ……校長はこの銅像が嫌いみたいだよ」

先週全校朝礼でこの話が出たな、と思い出していた。

「スマホ見て歩いている人みたいだって。どんなときも物事には集中してあたる方がいいって」

は？　と母さんがびっくりした顔をした。

「働きに出ている子どもが、勉強したいからといってそれを許してもらえる環境じゃなかったのよ。夜は電気もない、油も使うとお金がかかるから、昼間に本を読むしかなくて。薪を背負って歩いている間も惜しんで勉強した、刻苦勉励の勤労少年を、よりによって『ながらスマホ』と一緒にするなんて！」

憤慨している。茜が苦笑する。

「……わかってる」

「ん、茜、なんだって？」

母さんは俺を急《せ》かす。茜との無言の意思疎通は、俺ほどできるわけではない。

「校長がこの像の悪口を言うのはわざとだって」

「わざと？　ああ……そういうこと！」

腑《ふ》に落ちたように母さんが頷《うなず》いた。

「ＰＴＡの会報で回ってきてたわ。二宮像の撤去案。その代わりに歴代校長の胸像を飾るなんて提案があったの。冗談じゃないわ。もちろん反対してやったけど。小学校の主役は校長じゃないのよ！」

もし実現なんてしたら今度こそSNSにあげてやるから、と鼻息を荒くしている。

校長はどこまでも自分が目立っていなければ気が済まない性格なのだろう。

「でも会長ほか何人かが賛成に回っていたのよね。胸像はともかく、銅像は時代に即してないから撤去した方がいいって。年度末にでも処分するとか。私は時代に合わないとは思わないけど」

茜、と俺は小声で彼女を呼ぶ。

「泣き声って聞こえる？」

ケンが言うにはだいたい夜の八時～九時の間、今がちょうどその時間だ。茜は耳を澄ましていたが、首を振る。そうだよなあ、と俺も肩を落とした。

母さんはちょうど追い付いてきたレミママと話している。

俺たちも行こう、と銅像に背を向けた時だった。

（……けて）

瞬時に振り返る。今、確かに声が聞こえた気がした。茜を見ると青ざめている。

今のは。

「女の子の声？」

茜は頷く。だが周囲に気配はない。校舎の中じゃなかった。そんなに遠い場所じゃない。

「気のせい？」

茜は首を振る。そうだ、二人が一緒に聞いているのだ。聞き間違いじゃない。だが周りには誰もいない。走って像の後ろをのぞきこんだが、もちろんそこに人はいなかった。蒼太、茜、早くおいで、と母さんが呼ぶ。わかった、と返しながら、俺は茜と顔を見合わせ、同じタイミングでそれを見上げた。

——夜の闇にひっそりと立つ、二宮像を。

4

「お前らも聞いたのか！　ユーレイの声を！」

興奮気味の伸二を茜から引き剝がして、ケンと向き合う。ケンは茜の前に座っている。放課後の図書室。学級新聞の仕上げをすると言えば、担任は協力的だ。暖かい暖房の効いた室内には俺たちしかいない。

「幽霊の声が聞こえるなんてスゲーよ！」

『静かに、伸二』

茜が指を唇に当てる。一瞬でその場が静かになった。

「幽霊じゃないと思うよ、伸二」

ケン——厳原賢章《いずはらけんしょう》は眼鏡の縁を触っている。

「そうなのか？」

「僕にはあれは生きてる子どもの声に聞こえた」

はっきりとケンが言いきる。眼鏡をはずした。吸い込まれそうな黒目の色——少しだけ身体《からだ》を引く。

「い、生きてる子ども？」

「死んでるやつらじゃない。死んでたらもっと情報をくれる」

ケンは眼鏡をいじっている。伊達メガネだ。余計なものを見ないようにと掛けているのだそうだ。それを知っているのはこの三人だけだけど。

「情報って……」

知りたい？　とケンは意味深に微笑《ほほえ》んだ。全員が蒼白な顔で首を振る。学校の七不思議——怪談を調べていても、リアルに怖いのは苦手なのだ。

『じゃあこれ以上調べるのは難しいかな』

子どもに関しては難しいだろうね、とケンは文字を読み取っている。

「でも手掛かりがないわけじゃない。……犬がいる」

『犬？』

そうだ、とケンは茜に目を合わせる。

「生きている犬の鳴き声を聞いた。こんなことは初めてなんだ」

「生きてる、犬？　じゃあ学校に閉じ込められていたってこと？」

ちがう、とケンは俺を見返した。

「実際の犬じゃない——でも生きている犬だ」

「どういうこと」

「——生霊、だと思うよ」

「犬の？」

どういうことだ、と俺たちは首を捻《ひね》る。

「僕だってよくわからないさ」

『でも気になってるのね』

後ろで伸二が口を閉じたままもごもごさせている。

『伸ちゃん、話していいよ？』

ぷはあ、と大仰に息を吐いてから伸二はケンを見る。

「ケン！　犬って言っても飼ってる家は多いぞ？　どうやって探す気なんだよ」

「声からして中型から大型犬だと思うんだ。あと」

ケンは眼鏡を掛ける。

「この学校の近所に住んでいる——この学校の子どもの家の犬だ」

え？　と茜以外が声を上げた。

「もっと言うなら、この学校を犬の散歩ルートにしているやつ。たぶん絞られると思う」

「どういうことだよ」

校門の向こうは小学校だ、とケンは言う。

「学校に入れる人間で、犬を飼って散歩させているやつってことだよ」

それならば確かに絞れる。低学年ではありえないだろうし。

「そのうえで聞き込みしたらいいと思う。——今月の上旬、犬と一緒に学校の中に入りませんでしたか。その後、犬がぐったりと倒れるとか寝てばかりいるとか、普段と違う様子じゃありませんでしたか、って」

『金曜日にしよう。放課後私たちが長く残っていても叱られない。母さんたちが来るまでの間だとしてもそんなに遅くに散歩させないと思うし』

「どうして？」

茜は笑った。

『簡単よ……夜は寒いから！』

たしかに冬の夜は人間の方が出歩きたくはないだろう。

「でも朝とか昼とか……家の人が散歩させてることだってあるんじゃない？」

「だとしても校門の中にまでは入ってこないだろう」

　ケンは力説する。

「もちろん校内に動物を入れてはいけませんって立て看板はあるけど、犬のことだから実際入ってくるやつもいないわけじゃない。ゴキブリ校長に見つかったらうるさいだろうけど。野良犬だってたまたま入ってしまう場合があるのかもしれない。でもなにか……トリガーがあるんじゃないかって気がするんだ。……生霊たちは学校に閉じ込められてるんじゃないかって」

「トリガー？」

「そう。ご近所誰彼構わずじゃないと思う。大人の気配はなかったし、泣き声は毎回違う子ども、そして犬。僕はこの学校に縁のある人たちじゃないかって思ってる。閉じ込められているのが学校の敷地なのか、それとも校舎なのかまではわからないけど」

　校舎、と伸二が息をのんでいる。

「この小学校がそのトリガーのような気がする。声を聞いた翌日はもうなんの気配もなかったから。そんなに長く閉じ込められているわけじゃない。せいぜい一晩くらいだろう」

『囚《とら》われている……生霊が閉じ込められているのね？』

ケンは頷く。確かに先週聞いた声も……おそらく『助けて』と言っていたのだろうと、茜とは話している。どこかに閉じ込められているのだとしたら辻褄《つじつま》は合う。

「生霊は基本的には自分の身体との繋《つな》がりが深いからそう簡単に離れたりしないんだよ。だがそれにもかかわらず、閉じ込めておける強い何者かがいるんなら……それは危険だ」

「た、退治するのか」

できるわけないだろ、とケンは伸二を見て肩をすくめる。

「僕は子どもだし、ただ見たり聞いたりすることしかできないよ。でも危険だと声を上げることはできる」

「学級新聞に書くとか？」

それもいいかもね、と苦笑した。

「でも書きようによっては嘘だって思われる。逆に悪ノリするやつだって出るかもしれないから、それは最後の手段だ。校門の内側に何かがいることは間違いない。その場所を突き止めて、近寄らせないようにすれば被害は広がらない。校舎全体とかだったらお手上げだけど」

『どうやって……』

ケンは茜を見、それから俺と伸二を見た。

「だから、まずは犬を探すんだ」

＊＊＊

金曜日になった。幸い、寒波はしばらく来ないらしい。マフラーだけでも十分な陽射《ひざ》しだ。放課後、下校時間の放送までだらだらと人の波は途切れない。

「散歩してる人いないな〜」

校庭の隅の鉄棒が、一番裏門に近い。大きな桜の木があって、春先は毛虫が落ちてくるから、それ以外の季節でないと鉄棒は使えないが、真冬に鉄棒はあまり人気がない。冷たいからだ。

俺はどちらかといえば夏より冬の鉄棒の方がいい。身体を動かすと暖かくなるし、ほのかに立ち上がってくる鉄の匂いも嫌いじゃない。何度も握りしめているうちに体温が移って、冷たさが気にならなくなってくるし。回るのに疲れて鉄棒に座る。隣を見ると茜も同じように座っていた。

「蒼太も茜も鉄棒上手いよな」

伸二が下から悔しそうに見上げてくる。伸二はまだ逆上がりができないのだ。

「ただ好きなだけだよ」

茜も俺も、身体に事故の後遺症がなくて幸いだったかもしれない。逆上がりも足掛け回りも得意だった。

両足の膝を引っかけ、股の間の鉄棒を握ってそのまま後ろに倒れる。ぶらんとぶら下がった状態で、手を放して、足だけで身体を支えると、頭に血が上ってくる。伸ばした手の先は校庭の砂に触れそうで触れない。重力に任せてぶらぶらと揺れる。取り込み忘れた洗濯物みたい、とは以前茜が言っていた例えだ。

「体操の選手みたいだね」

「それもいいかもな」

ふと横を見ると、茜がまったく同じ姿勢で同じ動きをしていた。こういうとき双子だなあと思う。同じことを思ったのかもしれない。お互い目が合って、同時に笑い出した。

だが茜は、すぐに手を元の鉄棒へと戻し、器用に足を抜いて地面に降り立つ。

俺は勢いをつけて足を抜き去った。ばん、と音がして地面に足がつく。手は一度も地面に触れていないのが誇らしい。得意げに顔をあげると、伸二と茜がこちらに背を向けて何かを話していた。寂しい。今のを見てはくれてなかったらしい。

「何？」

あれ、と茜が指をさす。目を凝らせば、裏門の入り口のほうに子どもの姿が見えた。丸い太ったものを抱いた少年がいる。ぬいぐるみじゃない。あれは犬だろう。

「行ってみる?」

全員が頷いた。

＊＊＊

「たしかに今月のはじめに校庭で遊んだよ」

少年はまじめな顔で頷いた。彼の名は本庄孝太郎《ほんじようこうたろう》——六年一組。犬は二歳のコーギーで、名前は「イカ天《てん》」。確かに毛の色がイカ天にそっくりではある。俺も茜も我慢しているが、後ろで伸二は遠慮なく笑っている。

今月上旬、この辺でそのわんちゃんと遊んでませんでしたか?　と聞くと、彼はそう答えたのだ。

孝太郎は小学校から五分のところにある一軒家に住んでいるという。

「もともとイカ天の散歩は姉さんと一週間置きに交替でやってるんだ。あの週は僕の当番だったし」

お姉さんもこの小学校の卒業生らしい。

孝太郎とイカ天は学校をぐるりと回る形で散歩するのだという。お姉さんは反対回りだそうだ。裏門の前を通るのは孝太郎のコースだけらしい。ビンゴだった。

「その日、イカ天に変なことありませんでしたか？」

「変なこと？」

孝太郎は眉を寄せたが、真面目に思い出してくれているようだった。

「夜になると急に寒くなるから早く行きたかったんだけど、あの日はゲームやってて出るのが遅れたんだよね」

校門の前を通った時には、既に陽が落ちていたという。

「誰もいなかったし、金曜日は門が開いてるの知ってるから、ちょっとだけ入ったんだよ。イカ天、土いじりするの好きだから」

それは校庭の隅の桜の根元を掘るのが楽しいイカ天に付き合って、さて帰ろうという段になった時に起こった。

「イカ天が急に走って、玄関の方に行こうとしたんだ」

リードは桜の枝にひっかけ、孝太郎は鉄棒をしていたのだという。イカ天の力なら振り切って走ろうと思えば走れる。実は過去に何度もやられていた。孝太郎はもちろん慌ててイカ天の後を追いかけた。

玄関の中に入ることはないだろうが、うっかり入られたら大変である。それでなくても校長室は玄関脇、事務室の隣にあるのだ。犬の姿を見られたら叱られるだけでは済まないかもしれない。

イカ天は鬼ごっこをしているかのようにうれしそうにあちこち駆け回ったが不意に姿を消した。かくれんぼじゃないいんだぞ、と孝太郎が探していると、二宮像の後ろで倒れていたという。

「びっくりしてさ。慌てて名前を呼んだらすぐに起きたから、ただ疲れて休んでただけだとは思ってたんだけど」

それからはおとなしくリードに引かれて家に帰ったという。

「その後、イカ天、ぐったりしてたり、長く寝込んでいたりとかなかったですか？」

孝太郎は首を振る。

「ぐったりどころか、大騒ぎだよ。なぜか嫌いな風呂にも入りに来るし、人の晩飯横取りするし、家中走り回って夜中まで妙にはしゃいでた。楽しそうだったなー」

ケンの予測とは大きく外れている。

「ねえ、何でこんなこと訊《き》くの？」

当然の質問である。伸二が前に出た。

「俺、学級新聞の担当なんですけど、犬の散歩にまつわる面白エピソードを探しているんですよ。でもリードを枝にくくりつけちゃ逃げられるって書いたら怒られますかね」

「そもそも小学校の敷地に動物を入れるなって立て看板を無視して入ったんだから、書いちゃだめだよ？」

孝太郎は真剣だ。わかってます、と俺たちは頷いた。

「でも今日はなんで抱っこしてたんですか、イカ天」

暴れまくったという割に、今はやたらおとなしい。孝太郎の腕の中でこっちを見てはいるが。

「最近、校門の近くに来たらまったく動かなくなるんだ。だからこの辺からいつも抱いて帰ってる」

茜が俺の袖を引っ張った。

「あの……それってイカ天が何かに怯《おび》えてるみたいだってことですか」

孝太郎は言われてはじめて気づいたように、頷いた。

「そうかも」

「それって……その今月はじめの大暴れ以降じゃないですか？」

どうだろう、と首を捻った。「その辺、気にしてなかったからなあ」

「イカ天」

伸二はイカ天に近づく。

「お前、何が怖いんだ？」

イカ天は耳を伏せて、聞こえないふりをしているようだった。

5

『暴れてた？　元気いっぱい？』

ケンは驚いたようだった。仲二は孝太郎と一緒に帰っていった。今日はお姉さんが試験期間中で家にいるから、レミママの練習に付き合う必要もなかったのだという。レミママには仲二の件を話し、俺と茜は今体育館の準備室のすみっこで晩御飯のお弁当を食べているところだった。ちなみに携帯は母さんのだ。ケンは自分のだけど。

「というかはしゃいでたって。楽しそうだったらしいよ」

絶句する気配があった。予想と違っていたようだ。

「ケンはどう思ってたの？」

『生霊だって元に戻ろうとする力は強い。それを抑えておけるだけの強い霊だ……その地場の中に生霊を閉じ込めているものだと思っていたんだ』

生霊を奪われた身体は、気力を失くしたり、倒れたりするものだという。元気いっぱいってなんだよ、とケンは混乱しているようだった。

「閉じ込められている間の記憶って、ないのかな」

『少なくとも人間の方にはないだろうね』

ケンは唸《うな》った。確かにその間の記憶があれば、だれかが既に問題にしているはずだ。

『でも犬には少しあるのかもしれない。イカ天が口を利けたらいいのに』

それは無理な注文である。

『でも収穫はあった。イカ天が怯えているということは、やはり小学校の敷地内にその強い霊がいるんだ。どういう方法で生霊を捕まえているのかは知らないけど』

「害がないなら放っておけばいいんじゃない？　……あ、茜、梅干しの種は空いた弁当箱に入れときなよ」

梅干しの種の捨て場所を探していた茜に俺は声をかける。茜は頷いた。

『害がないかどうかはわからないよ。今は出てないだけかもだし。この先、生霊が身体に帰れない事態にでもなったらそんなことも言って……』

ケンは不意に口ごもった。

「どうしたの？」

『なんでもない。ちょっと考えをまとめるね。いま塾だから……あ、蒼太』

「ん？」

『ピンポイントでどこが危ないかはわからないけど、裏門付近を通るときはくれぐれも気を付けて。いいね？』

わかった、と言って電話を切る。お弁当箱を片付けていた茜に声をかけた。

「バレしていく？」

　茜は頷いた。

＊＊＊

　呼ばれた気がして振り向くと、茜が袖を引いている。暗くなった道をひと固まりになって歩いている。練習帰りの母さんたちはおしゃべりに夢中ながらも、結構冷え込んできたせいか、足が速い。

　俺たちは一番最後を歩いていた。

「どうした？」

　茜は足を止める。二宮像を見上げた。

（このあいだの声も、この辺だったよね）

　そうだった。思い出した。

「像の後ろに回ってみたけど誰もいなかったんだっけ」

（イカ天も、像の後ろで倒れてたって言ってなかった？）

　確かに孝太郎もそう言っていた。

「もしかして……後ろに何かあったりするのかな」

茜が後ろに回ろうとする。

「気を付けろよ」

大丈夫、と親指を立てる。茜はキーホルダー型のライトを持っている。俺は像の前を観察する。涙を流す像――特に今妙な水分などはない。

声はどこから聞こえるのか。

ザザッと何かが倒れる音がした。不自然にライトが揺れた。

「茜?」

俺は慌てて後ろへ回る。茜が倒れていた。

「茜! どうした!」

近寄ろうとしたとき、茜が身体を起こし始めた。大丈夫そうだ。踏み出そうとして、足を引っ込めた。足元に小さな段差があることに気が付いたからだ。

「なるほど、ここに足を取られたのか」

大丈夫か、と声をかけると茜は頷いている。倒れたところは土の上だから、ちょっと泥がついた程度だろう。

「蒼太、茜ー! 何してるの!」

先週と同じように母さんの呼ぶ声が聞こえた。

今行く、と答えてから振り返る。

「怪我ないか」

うん、と茜はうつむいたまま頷いた。

「行こう」

俺たちは走り出した。

＊＊＊

「おはよう、茜。早いな」

珍しく、寒がりで寝坊常習の茜が、靴下も履かず裸足《はだし》のまま、雪の積もった窓の外を見ていた。先に起きて着替えていることもだが、誰よりも早くリビングのこたつの中に飛び込む茜にしてはぼんやりと外を眺めていることも珍しい。

ため息なんかついてる。このあいだ授業で習った表現がぴったり。心、ここに在《あ》らず、だ。

「どうした？」

茜ははっとしたように首を振る。俺は素早く服を着替えた。着替えて降りていかないと母さんは烈火のごとく怒り出すのだ。

「お腹空《なかす》いたー。朝御飯食べようぜ」

ふたりで階下に降りると、ダイニングテーブルの上にはラップのかかったおにぎりやポテトサラダなんかがたくさん並んでいた。

「そうだった、母さん今日自治会の清掃だったな」

父さんももう出かけた後だ。つまりこれは俺たちの朝御飯である。こたつに持っていこうと、お皿ごとお盆に乗せようとした、その時だった。

「……ニギリメシ」

小さな声に思わず振り返る。今の――声。

――失声症が治ったのか！

俺は一瞬声を失い、おそるおそる口を開いた。

だが飛び出してきたのは、自分でも自覚していない言葉だった。

「――誰だおまえ」

おにぎりに釘付《くぎづ》けだった茜が、弾かれたように俺を見た。その目を見て、確信した。

――違う。

足が勝手に後ろに下がった。腕に鳥肌が立っている。声がかすれた。

「茜じゃないだろ」

目の前の女の子は間違いなく茜だ。あんまり似てない双子だけど、生まれた時から一緒だった。俺より少しつり目で俺より睫《まつげ》が長いこいつ――こいつは誰だ。

中身が、違う。

「茜は口を利けない——そういう病気なんだよ」

茜の顔から血の気が引いた。

「急に治ったとかじゃないよな——おまえは茜じゃない。茜どこだよ」

格好つかないくらいに俺の声も震えている。それでも目の前の人間を睨《にら》みつけた。

「——双子なめんなよ」

後退した足を、一歩前に踏み出した。

「茜はどうした」

勇気を出してそいつとの距離を詰める。

「茜を返せよ！」

茜は大きく息を吐いて——突如、身を翻して走り出した。

「待て！」

慌てて追う。茜の足は速い。しかも靴を履いていない。スニーカーをひっかける時間で距離が開いた。

だが茜の走る先は、しばらくすると見当がついた。

——学校。

6

「茜っ！」

大声を出したのは、二宮像の前で倒れている茜を見つけたからだ。

「茜、おい茜！」

ぐったりと倒れている茜を抱き起こして軽く頰を叩く。目を開けた茜は痛い、と不快感を露《あら》わにした。

「良かった……茜だ」

何してんの、と茜は俺の頭を叩いた。怒っている時はすぐに手が出る。

「お前、覚えてないな」

茜はきょとんとして、ようやくここが学校であることに気づいたようだ。同時に足元をみてぎょっとしている。無理もない、裸足だから。俺はため息をつく。

タブレットはないの、とさらに目顔で訊《たず》ねられて俺は首を振った。

「とりあえず帰ろう……全部話してやるからさ」

茜を背負う。重いけど仕方ない。

しきりに首を捻っている背中の茜はそのままに、俺はゆっくりと振り返る。

そこに立つ二宮像を睨んで——舌打ちをした。

＊＊＊

「つまり、二宮金次郎像が怪しいのか！」

　伸二の声が興奮からか上ずっている。

「そうだと決まったわけじゃないけどな」

　月曜日の放課後——図書室にはケンもいた。状況を整理しよう、とケンが言う。

「茜は二宮像の裏で倒れていた。イカ天の時とも同じだ。茜、倒れる前に何かあったか覚えているか？」

　茜は眉を寄せて考えている。

『金曜の夜からのこと、実は何も覚えてないんだよね……でも、像の後ろに回った時に誰かに呼ばれたような気がしたかもだけど』

「呼ばれた？」

　ケンが驚いたように訊く。たぶん、と茜は首を傾げている。俺は口を開いた。

「茜はすぐに起き上がったし、イカ天もそうだったみたいだ。裏手には凹《へこ》んだ段差があって、そこに足を取られたらたぶん誰でも躓《つまず》くと思う……そこが怪しいんじゃないかとは思った」

ケンは頷く。

「だがその時、茜の身体には『何か』が入った。茜ではない『何か』がだ」

『……ニギリメシ』

俺はあの時の茜を思い出してゾッとする。

「つまり生霊を閉じ込めるだけじゃない、その『何か』が身体を乗っ取っているんだと考えていいだろう」

だからイカ天ははしゃいでいた。中に入っているのがイカ天じゃない『何か』で、その時イカ天はどこかに閉じ込められ、その悲鳴を塾帰りのケンが聞いたということだ。

「それが、二宮像だと？」

「可能性は高い」

ケンは腕を組む。

「知ってるか？　銅像って中は空洞なんだよ」

作り方は大仏とおんなじだ、という。

「外型《そとご》と中型《なかご》をとって、その合間に銅を流し込んで作るんだって。全部を銅で隙間なく埋めちゃうやつを無垢《むく》っていうんだけど、そうすると今度は重たくて誰も持てないことになる」

聞いたことある、と伸二が頷いた。

「なんかそれ、ゴキブリが言ってたな……胸像を作る場合はどうとかって、ほら、全校朝礼の時に」

　ながらスマホの時のか、と全員が渋い顔をする。

「話を戻すが、二宮像も空洞だ。あと人形とかもそうだけど、ヒトガタのものっていうのはいろんな霊が宿りやすいんだって。中が空いているんならなおさらだ」

「じゃあ二宮像の中には、その『何か』が入っている、と」

　俺のつぶやきにケンは頷く。

「身体を乗っ取ってはいるけど、長くてもたぶん一晩だ。その後、閉じ込めた生霊たちを解放して代わりに自分がそこに戻っていると考えることはできるだろ」

　なるほど、と俺も納得する。

「身体を奪うも戻すも、そこに倒れてても『不自然』じゃないやつらを選んでいる。小学校の児童だったり、散歩コースの犬だったり。つまり……小学校の関係者」

　ケンの読みは当たっていたということだ。

「じゃあ学級新聞最後の七不思議に『二宮像に近づくな！』って書けば万事解決なんだな！」

「でももうその必要はないだろ、あれはそのうちに撤去……」

言いかけてケンはそうか、と首を振る。

「……そうか繋がってきた。これまでなんの変哲もない銅像が、ここにきて急に怪異を生じたこと。そしてもう一つ、これはまだ仮定だけど、入れ替わりのための条件」

なあ、とケンが顔をあげる。

「試したいことがあるんだけど、おまえたち協力してくれる？」

「危なくないか？」

俺の質問は当然だろう。身体を乗っ取られた茜を見ている。茜に向かって「誰だ」って言うのはもうごめんだ。

『たぶんだけど、危険はないいんじゃないかと思う』

「でも」

茜はにやりと笑った。

『大丈夫よ。乗っ取られたら蒼太がまた追い出せばいい』

簡単に言ってくれる、と俺はため息をつく。

「念のため、蒼太と茜は姿を見せないほうがいい。たぶん警戒してると思うから」

だから、とケンが振り返る。全員が伸二に注目した。

「伸二がカギだ」

「へ？」

ケンは説明を始める。

伸二のびっくりした顔が、ワクワク顔になるのにそう時間はかからなかった。

7

「ケーン！　おい待てよ厳原ケーン！」

金曜日の夕方。人気《ひとけ》の少なくなった校門付近には、ケンと伸二がいる。鬼ごっこをしているらしい。

「あはは！」

笑い声を上げながら鬼から逃げ回っているのはケンだ。伸二は肩で息をしながら、途中で立ち止まってはまた追いかけるのを繰り返している。二宮像に近づき、ケンが後ろに回ろうとする。伸二は待てよーと言いながら歩いている。仕掛けとはいえ、だいぶ走らされたようだ。バテているらしい。

ケンは笑いながら、二宮像の裏手に回る。その時だった。

「え」

呼ばれたかのように振り返る。直後、ケンが倒れた。

「ケン！」

隠れて見ていた俺と茜は急いで裏手に駆け付ける。ケンは大丈夫だと、手を挙げながら起き上がった。

「おまえ……ほんとにケン、か？」

ケンはにやりと笑う。そして次の瞬間、声を張り上げた。

「伸二！」

「できたよ！」

伸二が回ってきた。

ケンは眼鏡を取り払うと、何事かを唱え、ポケットから出した藁人形《わらにんぎょう》のようなものを放り投げる。

全員の見ている前で、その人形がひとりでにぶるぶると震えて止まった。

ケンが息を吐く。

「成功だよ」

思わず歓声が上がった。

「退治できないとかって言ってたくせに！　なんだよケン、カッコいいじゃん」

「たまたまだよ……こんなの師匠に知れたらぶっ飛ばされる」

ケンは予想通りだったよ、と言った。

「やっぱり名前を呼ばれたんだ」

生霊を取られた子どもたちはみんな、入れ替わりの瞬間に名前を呼ばれていたらしい。

「名前ってその人そのものだからさ。名前を呼ばれたら誰だってそりゃ振り返る」

ケンも像の後ろに回り込んだ瞬間、「厳原ケン」と呼ばれたという。

「誰でも良かったわけじゃない。二宮像の近くでフルネームで呼ばれた子どもがいること、その子がたまたまこの像に近づくタイミングがあること。像の後ろなのは人目をはばかったんだろうな」

「ケンはどうして入れ替わられなかったんだよ」

ケンは肩をすくめた。

「俺の諱《ほんみょう》はケンじゃないだろう」

あ、と全員が息をのむ。

厳原賢章――通称、ケン。伸二に呼ばせた名前も、正確には本名ではない。

「名を握られたら霊力の強い方が勝つ。だからいつも俺のことはケンと呼んでくれって言ってるんだよ」

それでかかったふりをしたということなのだろう。

「しかし伸二はよく間に合ったな」

俺だって素早く動けるんだよ、と彼は得意げに笑った。伸二の役目は、ケンが倒れる瞬間に銅像に札を貼ることだった。

「結界の札だよ。『何か』が銅像内に戻れないようにするために」

ケンの身体にも入り込めず、かといって銅像にも逃げ込めない『何か』はケンが放った人形に入るしかなかったのだ。

「さて。あとはこの人形を供養したら終わりなんだけど」

人形を前にして、ケンは少し考えているようだった。

「なんだか可哀想《かわいそう》だね」

ケン！　と俺は声を上げる。

「害がないかどうかはわからないってお前が言ったんだぞ」

そうなんだけどね、とケンは落ちた眼鏡を拾い上げた。

「確かに勝手に身体を乗っ取るなんてことはいけない。子どもたちやイカ天が覚えていないからと言って、この像の中で生霊たちが泣いて助けを求めていたのも事実だし。でもさ」

ケンは同情するように言う。

「二宮像は、来月撤去されるんだよ」

つい先日、撤去案は通ってしまったらしい。

「こいつが何者かはわからないけど、人を傷つけたり、犬を傷つけるようなことはしていない。ずっとこの中に居て、ただ眺めているだけだったこいつが、いよいよ撤去されることを知って、最後にいろんな子どもから少しだけ身体を借りて自由を満喫したかった——って考えるのは、甘いのかな」

俺は黙る。確かに茜の体を傷つけるようなことはしていない。物思いに耽《ふけ》るように窓を見ていた眼差《まなざ》しが記憶に残っている。

「じゃあどうすんのさ」

「こうしようかと」

ケンは全員を引き連れて銅像の前に移動する。伸二の貼った札を剝がし、人形の札も剝がした。人形はその瞬間、なぜか結び目からほどけてただの藁になってケンの手から落ちてしまった。

「像に戻ったよ」

「いいのかよ、戻して！」

「どのみち像は撤去される。なら僕がやらなくてもいいし、こいつもその方がいいだろ」

また同じことがあったら今度は師匠を呼んで祓《はら》ってもらうけど、それはしたくないなとケンは渋い顔をした。師匠って誰だよ、と伸二が突っ込んでいたが、彼は答えようとはしなかった。

「おや、これはこれは、津曲茜ちゃんじゃないですか」

げ、と全員が硬直する。近づいてくるのはゴキブリ——校長だった。

「こんな時間まで何をしているんですか君たちは。下校時間はとっくに過ぎているんですよ。バレーボールの練習はね、特別に許可してやってもらってるんです。許可ってわかりますか？　本当は禁止なのに、特別に許されていることを許可っていうんですよ。許可を取っていない校内への残留は、違反ですよ、違反！」

説教モードである。

「茜ちゃんもまだ声が出ないようなら、来年度からは真剣に特別支援学校への編入をオススメしますけどねえ」

くどくどと言い始める校長を遮ったのは、意外にも制服姿の男性だった。運送会社の人のようだった。校門の傍《そば》にトラックと、数人の同じような制服の人が見える。

「すみませーん、日日《にちにち》運輸ですけど、ええと校長の鐘島鉄爾《かねしまてつじ》さんて……」

「はい、私です私です。すみませんね、ええこっちにお願いします」

とたんににこやかな顔をして、校長が指をさす。

「これです、撤去よろしく」

俺たちは顔を見合わせた。

「撤去って来月なんじゃ」

鬱陶しいものを見るような眼《め》をして校長がケンを見る。

「運送会社の人は三月はご多忙なんです。どうせ撤去するんなら二月でも構わないと役員会の承認も下り、急遽《きゅうきょ》今日になったんですよ。大人にはそういう都合というのがあるんです。ほらいいから帰りなさい！」

犬の子でも追い払うように、しっしっと手を動かした。

「ああそうそう、茜ちゃんはもう一度、今度はご両親とお話をしましょうね！　近いうちに連絡しますからね！」

ダメ押しの声が飛んでくる。本当に嫌なやつだ。

「入れ替わるなら、あんなのと替わればいいのに」

「ほんとだよね」

全員が頷く。はっとして伸二が振り返り、頭を抱えた。

「ああ、学級新聞の写真がぁ～！」

あきらめろ、と声をかけるしかない。

「骨折り損のくたびれもうけってこのことだろうな」

がっかりして帰るしかなかった。

終

伸二はこの顚末《てんまつ》を書きたがったが、茜には断られたらしい。結局、学級新聞の最後は、写真もなく、銅像の涙の真偽はわからない上にもうその銅像もない、という内容で終わってしまった。最終回なのに三行だ。しかしどこからもクレームは上がらなかった。

「おはようございます～」

旗当番のおばさんたちの声がする。どこからか風に乗って花びらが舞ってくる。

三月に入った途端、校庭の桜がほころび始めた。今年は開花が早いらしい。

二宮像が撤去された直後は、そこだけ四角く色が変わっていたが、今はもう他の地面とわからなくなってしまった。

「七不思議、一つ消えたな」

別に七つあってほしいわけではないが、ちょっとだけ寂しい気もする。

だが新学期に新しく入ってくる子どもたちにはこれが普通の光景になるのだろう。

――最初から二宮像のない学校として。

「はいおはよう、おはよう」

横断歩道の先に嫌なものを見つけた。ゴキブリ校長だ。

あの日、「連絡しますからね」と捨て台詞《ぜりふ》を吐かれたことは母さんたちには言っていない。言えば夫婦揃《そろ》って学校に乗り込みかねないからだ。ちなみに父さんは週刊誌の記者をしている。穏やかな性格ではあるが、茜のことになると感情的になりやすい。母さんのSNSよりこちらのほうがよほど怖い。

無視して行こうぜ、と通り過ぎようとした時だった。校長が横につける。

「おはよう、茜ちゃん、蒼太くん」

キタ、と身構える。今日の旗当番は知らないおばさんだ。以前のレミママの援護のようなものも期待できない。

「おはようございます……」

立ち止まって小さな声で挨拶するしかない。またくどくど説教されるのかとげんなりしていると、校長は身体を折り、内緒話でもするかのように小声になった。

「歴代校長の胸像の件、あれ、白紙にしときました」

思わず顔をあげる。校長は見たこともないような穏やかな笑顔を向けている。

「それと茜ちゃんは焦らなくていい。ちゃんと声は出るのだから。ゆっくり回復させたらいいと思いますよ」

茜が隣で目を瞠《みは》っているのが見える。俺も思わず口をあけた。

身体を戻した彼は、他の子の挨拶に頷きながら慈愛の眼差しをむけている。

「……まさか」

校長は片目を瞑《つむ》る。

『入れ替わるなら、あんなのと替わればいいのに』

確かに言った——確かに言ったけれど！

「なぜかあの後、像に戻れなくなりましてね……不思議なことだ」

校長は朗らかに笑う。それが本当なのか嘘なのかはわからないけれど、優しそうな表情は、決して悪い人間には見えなかった。

「あの頃は君たちにも迷惑をかけました。こうなったからには良い校長先生になりますよ」

おはよう、はいおはよう、と子どもたちに向かって歩き出した。

俺たちは放心状態のまま、昇降口に向かう。

茜が急に、声もなく笑い始めた。俺も思わず吹き出す。

「ケンに言ったら、お祓いの師匠とか、出てきちゃう、かな？」

茜は笑いながら、唇に指を当てる。さすが双子、考えることがおんなじだ。

「内緒にしとくか！」

昇降口にも桜の花びらが落ちている。

「おはよー蒼太！　茜！」

伸二が来た。手を振りながらいつか伸二には言ってもいいかな、と思う。

——七不思議はまだ、生きているって。

Ghost Stories in the School

軍服

松澤くれは

松澤くれは

まつざわ・くれは

1986年富山県生まれ。劇作・演出から創作活動に入り、2018年『りさ子のガチ恋♡俳優沼』で小説家デビュー。他の著書に『鷗外パイセン非リア文豪記』『星と脚光　新人俳優のマネジメントレポート』『明日のフリル』など。テレビドラマ『ネメシス』書き下ろし小説版に執筆陣として参加。舞台やアニメの脚本家としても活躍する。

五枚目の体操マットを四人がかりで持ち上げる。

「ヅカ子先輩～、もう疲れたあ！」

対角線上の端から芽依《めい》がぼやいた。どこかの運動部の下級生たちが、私の後ろを駆け足で通り過ぎる。立ち止まらないけど一様に、不審な目を向けたのがわかった。汗とパウダースプレーの混じった匂いが残される。

十月の終わり。放課後の部活はじめ。

体育館のステージ脇にある階段を下りた、天井の低い地下通路の片隅に、私たち白濱《しらはま》女子高校演劇部の全員が集まっている。

「ほら、ちゃんと持って。やれば終わるんだから」

マットを横にスライドさせて、先にどかしたやつの上に重ねる。誰かがむせた。静かに置いても埃《ほこり》は舞う。

「ヅカ子先輩、交代しますよ」

後ろから一年が声をかけた。

「いい、このままやっちゃう」

「息上がんないっすねえ」芽依がおだてるように、「さすがヅカ子先輩、頼れる～」

窪塚舞衣子《くぼづかまいこ》。略してヅカ子。宝塚《たからづか》の男役が似合いそうって理由で、入部したとき先輩方に命名された。宝塚歌劇団は観《み》たことないけど絶妙なネーミングだと自分でも思っている。

私は次のマットに手をかけて、両腕に力をこめた。黄ばんでカビ臭いマットは残り二枚。部員たちの動きは鈍い。早く終わらせたい私は率先して働く。

もう少しでドアを開けられる。

探しものに辿《たど》り着ける。

積み重なったマットやボールかご、土で汚れた重たいケースなど、運動部の備品で塞がっていたが、舞台袖から地下にのびる階段の下には「小部屋」があった。存在すら知らなかったし、ましてや演劇部の倉庫だなんて初耳だった。

「てか、本当にいいんすかね？」

マットを移動し終えたところで、芽依が訊《き》いた。

「いいって何が？」

「開かずの階段下。ここ、出るらしいっすよ？」

不敵に笑いながら、芽依が両手を垂れ下げる。嬉々《きき》として話したのは、よくある怪談話で、このあたりで幽霊を見た生徒が何人もいるらしい。ドアの開く音が聴こえたと思ったら、白い人影がこっちに向かって歩いてくる。運動部はみんな怖がって、一人では近づかないのが常識だという。

「ほら、あそこ」

「えっ」

指の先を追ってしまう。床の片隅に、白い靄《もや》が溜《た》まっているように見えた。思わず目を逸《そ》らす。

「芽依、脅かさないで」

「あのドアは絶対開けちゃいけないって……」

彼女の言葉に、部員たちも青白い声を漏らす。

「やめてよ。なんでいま言うの」

「荷物をどかし終わるタイミングを待ってました」

おどろおどろしい声色で笑った。この妙に懐いている後輩は、すぐ私をからかってくる。メイクも髪型も今っぽい垢《あか》ぬけた二年で、演劇が好きというより目立つのが好きなタイプ。部内オーディションでヒロイン役の座を勝ちとったばかり。

「有名っすよ、この話。みんなも聞いたことあるでしょ？」

芽依が言うと、取り巻いた一年たちの顔が引きつる。噂《うわさ》は有名なのかもしれない。だからみんな、倉庫の捜索に乗り気じゃなかったのか。

馬鹿馬鹿しい。小学校ならまだしも、高校の、それも令和の時代に学校の怪談はないだろう。私はドアノブに手をかける。時間がもったいない、今日はまだ発声練習もしていないのだ。

ドアノブはそのまま回った。鍵はかかっていない。

音が遠ざかる。

不可解な静寂——バレー部の甲高い掛け声も、バスケ部のシューズの擦れる音も、グラウンドから届く野球部の響きも、あんなに煩わしかったボールや笛の音すら聴こえない。

スイッチを探したが照明はない。スマホのライトをつけて、なかに入った。天井が斜めに狭まった小部屋は、どこに光を向けても明るくならず、黒く沈んでいる。頑張って目を凝らした。銀紙を貼った手製の刀や槍《やり》、不気味なデザインの仮面、赤や黒の大きな巻き布、口の開いた段ボール箱に詰められているのは食器類・書類ケース・黒電話と、時代を感じさせる小道具たち。なるほど、演劇部の倉庫だった。

視界の端が白くぼやける。

反射的にスマホを向けるが、段ボール箱が積まれているだけ。その奥に気配を感じた。

薄気味わるい。

「ヅカ子先輩」芽依がドア越しに顔を覗《のぞ》かせて、「見つかりそうですかー?」

「わかんない。いったん荷物を出すから受け取って」

私はスマホをしまって手探りで段ボール箱を持った。次々と外に送っていく。背骨に沿って汗が滴り落ちる。空気の巡りがわるいのか、蒸し暑くて、真夏の炎天下にいるみたい。

荷物をどかすたびに、人影が現れそうな気がした。芽依のせいだ。開かずの階段下なんて言うから、変な想像が掻《か》き立てられる。

奥のほうに、半透明のプラケースが見えた。

「あった。これっぽい」

衣装、とマジック書きした養生テープの貼られた蓋を開ける。

一番上にあったその服を両手で広げる。茶色がかったカーキの、男もののジャケット。折り畳まれた同色のパンツ。

倉庫から発掘した一着の軍服は、私の着る舞台衣装だった。

文化祭を一週間後に控えた、金曜日。

わが演劇部は大混乱に陥っていた。女子高校生たちのくだらない日常を描くコメディを上演するつもりが、「戦争の悲惨さを伝える劇」に変更されたのだ。部の伝統として、十年ごとに文化祭で上演する台本があったらしい。顧問の大村《おおむら》先生も把握しておらず、校長から直々に上演命令が下された結果、新しい台本での再スタートとなった。

残された準備期間はわずか。衣装製作までは手が回らない。倉庫に衣装があるだろうと大村に言われ、何とか掘り当てた。

「――はい、これで本読みを終わります」

望見《のぞみ》が言うと、全員の緊張がほどけた。

長机を囲んで座った部員たちが一斉に息を吐く。体育館のステージを横から見下ろす調光室が、演劇部の部室。倉庫を撤収した私たちは台本を読んでいた。

「キャスト班は、週明けまでにセリフを入れてください」

部長の望見は淡々と指示を出す。

「スタッフ班ですが、特に音照《おんしょう》は、稽古を観ながらプランときっかけのキューを整理して……と言いたいところだけど、この土日でアイデアをまとめてほしい」

ざわつきが生じる。

「不満はわかる。けど、文化祭は全校生徒がお芝居を観てくれる貴重な機会。演劇に興味ない人にも届けられるよう、頑張りましょう」

部長の言葉に一同が「はい！」と応えて、解散となった。

「望見、お疲れさま」

私は台本を持って部長のもとへ。

「ああヅカ子」彼女はメガネを指で押して、「頼んだよ。主演のあなたに懸かってるから」

「いきなりプレッシャーかけないでよ」

そう言って笑い合う。腰まで髪を伸ばした寡黙な望見は、同学年から不思議ちゃん扱いだけど、たんに複数人との会話が苦手なだけ。演劇部では普通の子だ。

「望見の演出プラン、先に聞いてもいい？」

彼女はスタッフ班に属し、演出も担当する。

「役をどう演じたらいいか、よくわからなくて」

「珍しく弱気ね。ドンと構えていればいいのに」

「このお話ってさ」私は机に台本を置いて尋ねる。「望見はどう思った？」

タイトルは『変わらぬ想《おも》い』。作者の名前は書かれていない。

昭和のはじめ。小さな村に住むふたりの男女、石射《いしい》佐吉《さきち》とトメが恋に落ちて夫婦になる。佐吉は兵隊に取られ、トメは夫の帰りを待つばかり。月日は流れ、トメのもとに軍服姿の佐吉が戻ってくる。すまないと繰り返す佐吉だが、トメは夫の帰りを泣いて喜ぶ。

一晩経《た》ってトメが目覚めると、佐吉はおらず、畳まれた軍服が布団の上に置かれていた。

やがて軍部の者が訪ねてきて、トメは佐吉の戦死を知る。遺骨はおろか遺品もないと告げられるが、トメは夫が一夜だけ帰省したことを話すも、それはあり得ない、補給の断たれた南方の島で戦死したと返される。佐吉が最期の別れにやってきたのだと悟るトメだが、自身もすぐに空襲で焼け死んでしまう。燃え盛る炎のなか、その残された軍服を抱きしめて……というお話だ。

「このストーリー、怖くない？」

私は望見の意見を待たずに言う。一読して素直にそう思った。

戦死した夫の幽霊が妻のもとに現れて、軍服を残して消える……怪奇現象としか言いようがない。

「大丈夫なのかな。観客は感動してくれるの？」

テーマである「戦争の悲惨さ」を、演技で表現できるか不安だった。

「見せ方次第だよ」

望見は落ち着いた声で、「ラブロマンスを前面に出して、戦争のせいで引き裂かれた男女の悲劇として演出すれば、王道だし、泣けると思う」

望見には迷いがなかった。彼女の演出はロジカルで、私は信頼を置いている。地区大会、県大会と、三年間も一緒に戦った仲だ。運動部に負けない絆《きずな》がある。彼女が言うなら正しいだろう。

「じゃあ私は、愛する妻のために必死で生きようとした人になればいいのね」

「ええ。ヅカ子らしく演じてくれたら、それでオーケー」

「男役を、私らしくか……一応これでも女なんだけどな」

「何を今さら。白濱女子演劇部、男役のトップスターが」

わざとらしい抑揚で望見が褒めた。私はいつも男役をもらう。百七十三センチの身長と、年中ベリーショートの髪もあって、主演の男役になることが多い。女役を獲《と》り合う部内オーディションとは無縁で、部員から妬まれることもなく、今まで得をしてきたと思う。

「戦地で散った青年の役なんて、普通の女子には演じられない。佐吉はヅカ子だからできる役。そこは自信持っていい」

「ありがとう望見。いつも通り、役になりきるよ」

私は台本をバッグに仕舞って、衣装ラックへと近づいた。

まるで本物の軍服だった。

色褪《いろあ》せて染みのような曲線が浮かび、襟元はくすんで袖も黒く擦れている。腕回りに開いた穴の、虫食いのようなほつれ加工もリアルだ。こんなに古さを表現できるなんて、当時の衣装担当の子はすごい。

上着をめくってみる。裏地の胸元にうっすら名札のような、枠線と文字が見て取れた。

昭和十八年製とある。その横には「石射佐吉」と読めた。観客には見えない細部へのこだわり。並々ならぬ作り手の情熱を感じる。

私はOBに感謝しつつ、上着に袖を通した。

湿った刺激臭が鼻をつく。埃なのかカビなのか、口呼吸を余儀なくされる。着心地もよくなかった。学ランに似ていると思いきや、もっとごわごわで圧着感がある。

着苦しい。軍服のほうから、身体《からだ》に張りついてくる。

「お客様ー、サイズいかがですかー？」

芽依が私の顔を覗き込む。衣装担当の一年も一緒だった。

「胸はさらしを巻けば何とかなるし、丈も直さなくて大丈夫」

スタッフ班の仕事を増やしたくなかった。衣装の子がほっとした顔をする。

「生地は硬いけど」私は肩を回しながら、「稽古で着て、慣れればいけるかな」

「えー、クリーニングに出したほうがいいですよ」

芽依に言われて一瞬、迷ったものの首を横に振る。

「平気でしょ」

時間のロスが惜しかった。私は稽古初日から衣装を着たい派。本番に近い状態だと、役に対する気持ちも入りやすい。

「ヤだー、ダニとかいますってー」

「ファブっとけば気になんないよ」

埃の重みを両腕に感じて、手で裾をはらうと、芽依は避けるように身を引いた。汚いままのほうがリアリティも出る。私は衣装を脱いで、部室に据え置きの消臭剤を吹きつけた。軍服には似合わない、フローラルな匂いが立ち込める。

「臭いくらい我慢できる。このままでいい」

私が念を押すと、衣装の子は一礼して離れた。

「ヅカ子先輩、男らしい～」

歌うように芽依が言う。共学なら疎まれそうなガサツさも、キャラ立ちに役立つからありがたい。

「芽依。あんたは衣装、どうするの？」

ヒロイン・石射トメ役に使えそうな衣装は、倉庫から発見できなかった。村人などの脇役についても同様で、プラケースのなかにも、これだというものが見つからない。同じ演目の衣装は、揃《そろ》いで保管しそうなものなのに。

「私はウチから持ってきます。おばあちゃんが、現役でモンペ履いてるんで！」

「ああ、それなら代用できそう」

ほかのキャストも家で使えそうな服を探すことになっている。佐吉以外の軍人役は、シャツや外套《がいとう》で間に合わせる予定だ。

「元々そのつもりでした。倉庫にあっても、そんな古臭いの着たくないしー」

芽依は信じられないといった顔で、私の胸を指差した。

「古臭いって、時代もののお芝居なんだけど」

「じゃあ先輩、また来週～」

芽依が手を振って離れる。

「セリフちゃんと入れなさいよ」

「余裕ですっ、お先に失礼しまーす」

彼女を見送ってから、軍服をラックに戻した。

ふと違和感をおぼえる。

両肩が重たい。衣装は脱いだのに、羽織ったときの感触が纏《まと》わりついたまま。カビ臭さも残った。消臭剤を吹いてから着ればよかった。

改めて、軍服に目をやる。

さっきまでとは印象が異なった。ハンガーに吊《つ》るされているのに、体温や呼吸のような、人の気配が色濃くたちこめる。元の持ち主の名残とでもいおうか。古着屋の服なんかにも感じたりするけど、この軍服からはもっと生々しく漂ってくる。

あのドアは絶対開けちゃいけない。芽依の言葉を思い出して、悪寒に襲われる。

週明けから、衣装を着ての稽古だ。本番もこの服に身を包む。気が進まないけどキャストに選ばれた身で贅沢《ぜいたく》は言えない。文化祭が終われば三年生は引退。後輩たちに模範を示すためにも、いいお芝居をしようと心に誓う。

視界がぼんやりと白くかすんだ。目が渇いていた。まばたきで潤して調光室を出る。背後に何かを感じて振り返ると、きょとんとした顔を返す後輩が二人いるばかり。

外は陽《ひ》が落ちて、わずかな青白さのなかに校舎が佇《たたず》む。階段下の倉庫の暗がりを思い出して身震いした。

「どう、直りそう?」

苛立《いらだ》たしげな望見の声に、スタッフ班は困り顔で応える。

「もう一回、音出してみます」

後輩がミキサーの赤フェーダーを指で上げた。軍歌が流れはじめた矢先、金切り声のようなノイズが広がる。

「止めて止めて!」

ほかの部員たちと揃って私も両耳を覆った。鼓膜を引っ掻くような残響に、思わず顔をしかめる。

「すみません。何がいけないのか……」

スタッフ班が機材まわりに密集し、分厚い説明書を睨《にら》んでは、慣れない手つきで音響機材をあちこちいじる。回復の兆しはみられない。

本番まで残り四日。

原因不明の機材トラブルにより稽古は中断されていた。今日は初めての「通し稽古」だったのに、キャスト班は暇を持て余し、スタッフ班は焦りで空回り。部室の空気は煮詰まってひどく息苦しい。

「急に変なの〜、こんなことなかったのに〜」

能天気なのは芽依くらい。

でも確かに奇妙だった。機材は去年、最新型に替わったばかり。

「なんか、人の声っぽくなかったですか？」

芽依が私の肩に触れる。

「何。また怖い話？」

「さっきのノイズ。ぎいゃー……って叫んでるみたいな、嫌がってる感じが……」

思い返して鳥肌が立つ。そう言われると、そういう風に聴こえるじゃないか。

「故障の原因わかった！」芽依は大声で、「スピーカーのなかに幽霊が詰まったんだ！」

「静かにして」

望見が冷たく諌《いさ》めた。口をすぼめる芽依。部室は重たい沈黙に包まれる。

私はずっと居心地がわるかった。

自分のせいのように感じていた。トラブルが起きたのは、私の演じる佐吉が、初めて軍服姿で登場するシーン。村の人に見送られ、出征の軍歌が流れると、けたたましいノイズが走り、左右のメインスピーカーから割れた音が鳴り響いた。歪《いびつ》な音の振動が、衣装越しに肌を伝った。軍服が機材に影響を及ぼすかのように、私の動きに呼応して乱れた軍歌の旋律……。

「時間がもったいない」

望見が言う。「音響なしで続行しましょう」

「え、このまま続けるの？」

私が口を挟むと、「本番近いんだからやるしかない」と返される。

「ここまでのシーンのダメ出しをもらってから、前半の返し稽古にしない？」

私の提案を、望見は却下する。

「後半は稽古量が足りてない。音を鳴らせない分は、あなたの演技力でカバーして」

部員たちが動きはじめる。私もステージに戻るため、先ほど脱いだ衣装に手をかけた。

後半のシーンは稽古したくない。それが本音だった。

後半は、この軍服を着なくてはいけないから……。

五分後に通し稽古は再開された。

私はセリフを言いながら、佐吉になりきろうと強く意識する。

……さわり。

顔の近くで空気が揺れる。

来た。やっぱり今日も感じる。振り払うように力強く、私は次のセリフを発した。

……さわり、さわり。

頬を撫《な》でる生温い感触。気づかないふりをしても身の毛はよだつ。身体のほうが応えてしまう。

セリフを言うたび、誰かの気配がした。

今にはじまったことではない。稽古初日からそれはあった。

最初は稽古を観ている後輩たちだろうと思ったが、どうも違うらしい。すぐそばで感じるのだ。相槌《あいづち》を打つような、静かに頷《うなず》くような、人の気配。ステージのどこに立っていても同じで、それはきまって、私のセリフ終わりにやってくる。お芝居の前半では起こらない。後半のシーン、衣装の軍服を着ているときにだけ襲われた。役に没入しても、気配は消えるどころか一層強まる。白い霧が視界をかすめ、暗記したセリフが飛ぶこともあった。……さわり。まただ。私の真横に誰かがいる。

芝居を止めるわけにもいかず、演技を続けた。

戦場のシーンにさしかかる。音響が入らないので迫力に欠けた。気持ちを集中させ、情景をイメージする。ここはジャングルの戦場。佐吉の目の前に敵兵がいるという設定だ。

私は客席に向かって歩兵銃を構える。部室にあったモデルガンは軍服に比べて安っぽく、軽量だけど、重たそうな動きで演技した。構えた先では女子バレー部が試合中だ。想像のなかで敵兵だと思い込む。

決められたタイミングで引き金を引いた。銃身をわずかに上げる。反動をイメージしながら後ろに身をよじる。

銃声の効果音は鳴らない。

代わりに、耳をつんざくばかりの悲鳴。

私は現実に引き戻される。びっくりした。隣にいた二年と顔を見合わせる。

声の出どころは演劇部ではない。バレー部たちが騒ぎはじめる。ネットの端に生徒がうずくまっている。

その子は、顔の右半分が真っ赤に濡《ぬ》れていた。騒ぎは隣のバスケ部にも波及し、体育館中が喧噪《けんそう》で満ちあふれる。ふいに煙の臭いがした。軍服の袖からだった。動悸《どうき》が速まる。まるで私が、バレー部の子の頭を撃ち抜いたように思えて、慌てて銃を背中に隠した。

救急車のサイレン。私たちはステージに立ったまま、タンカで運ばれる彼女を見守った。ネットのポールに激突して目の上がぱっくり切れたと、漏れ聞こえた。何十針も縫うことになるだろうとも。

私のせいじゃない。そんなことはわかっていた。だけど罪悪感が押し寄せる。血に塗《まみ》れた彼女の表情が、目に焼きついて離れない。

通し稽古は取りやめになった。機材の調子が戻ったとスタッフ班が伝えても、喜ぶ声をあげるキャストはいなかった。

翌日の放課後。さらに事態は悪化する。

部室に現れた芽依が松葉杖《まつばづえ》をついていた。

「ほんとにごめんなさい！」

家の階段から落ちて、全治二か月の骨折。セリフの暗唱に夢中になって足を滑らせたという。

「その様子だと出演は難しそうね」

静かに言った望見だが、声が震えている。芽依は役を降りることになった。

「部内オーディション、やり直します」

動揺が広がる前に望見が立ち上がる。部員たちも台本を持って、一斉にステージへと移動した。高まる緊張感。まさか本番三日前にヒロイン役のオーディションが再び行われるなんて、誰も予想しなかっただろう。

新しいトメ役は一年に決まった。地味な印象の子で、まだ経験も浅いし、声が小さいのが悩みの種だ。落ちた二年たちは面白くなさそうな雰囲気。いつだって配役は揉《も》める。ここにきて人間関係の悪化は避けたい。どうか空気が荒れませんようにと願った。

通し稽古はまたしても中止。代役の子に演技を写す作業がはじまり、ほかの部員は自主練となる。今は芽依を中心に、セリフの言い方やアクト動線などを教えていて、時間がかかりそう。手伝おうか迷ったが、上級生が何人もつくとプレッシャーを与える。私はステージ脇の袖幕近くに陣取って台本を開いた。ダメ出しを整理しよう。今日はセリフ合わせまで辿り着けるかも怪しい。

立て続けの停滞に、焦りが募る。

キャストの降板は珍しくない。去年の地区大会でも、本番前に風邪を引いた子が代役に替わった。

でも今回は、どうも釈然としない。

だからオーディションの合間に、私は芽依に尋ねてしまった。

「階段から落ちたとき、どこのセリフを言ってた？」

「あー、ラストシーンっすねえ」

「それって……」

「トメが軍服を抱きしめるところ」

冷たいものが背中に走った。やはり軍服だった。

「もう最悪で～。その瞬間、下にダダダダーンっすからね」

芽依は悔しそうに笑った。出演したかったと思う。私は励ましの言葉を返したけど、よく憶《おぼ》えていない。

軍服がトラブルを招くような、不吉さをおぼえる。偶然だ、こじつけだ、そう思う一方で、今日は衣装を纏う気になれない。軍服は相変わらず着心地がわるく、不快感も拭えなかった。

何かある。直感的にそう思う。

あの軍服が、よくない影響を及ぼしていたとしたら……。

みんなの声が止まる。顔を上げると、ステージ前に校長がいた。

「いやすまない、お稽古を続けて」

顧問の姿はない。部員たちが顔を見合わせるなか、望見が前に出て挨拶する。

「何、ちょっと見学したくてね」

その言葉はさらに部員たちを困惑させただろう。私も同じ気持ちだ。インハイ出場を決めた陸上部や、甲子園を控えた野球部ならいざ知らず、校長が演劇部を見学だなんて。

「どうだい調子は。順調かね？」

「部員の一人が怪我《けが》をしたので代役を立てて練習しているところです」

はきはきと望見が説明する。怖気《おじけ》づいた様子はない。

「それは大変だ」

「本番には間に合います」

望見は顔を曇らせた校長に向かって、「安心してください」と重ねた。

校長は何度か頷き、

「それならよかった。楽しみにしているよ」

と言って立ち去った。

「どうしたの？」「なんで校長来たん？」

どよめく部員たちに望見が自主練を再開するよう声をかけ、その場はおさまった。

残された、不穏な空気が気持ちわるい。

私は駆け出して、体育館を出たばかりの背広姿を捕まえる。

「校長先生！」

「ああ、きみは」

「演劇部三年の窪塚です。『変わらぬ想い』で佐吉役を務めています」

「なるほど、はまり役だ」

私の身長を値踏みするような視線で、顔を綻ばせる。

「お伺いしたいことがあるんですが」

私はそう前置きして、「『変わらぬ想い』を上演するようにと仰《おつしや》ったのは、校長先生なんですよね？」

「うん。十年ごとの節目でね、伝えるのが遅くなってしまったが」

「それって、いつからやってるんですか？」

「どうだったか。最初に観たのは、わたしが学年主任のときだから……」

考えこんだきり会話は途切れた。

校長と話すのは初めてで緊張するが、情報を訊き出したかった。作者不明の台本。軍服だけ残された衣装。少しでもルーツを知れば、安心して舞台に挑めるはず。

「とにかく、しっかり上演してくれたまえ」

思い出すのを諦めたように、校長が激励した。

だけど、納得のいかない私の表情に気づいたのか、

「わが校は、戦争の悲惨さを伝えていく義務がある」

と、神妙な面持ちで加える。

それから語られたのは白濱女子高校の歩みだった。うちの学校は、空襲で焼け野原になった一帯に建てられたらしい。

「あ、職員室の前にある写真」

言われて思い当たる。平坦《へいたん》な景色の、白黒の航空写真が飾られていた。

「建設前の写真だね。あたり一面、まっさらで物悲しい限りだろう？」

私は曖昧に頷いた。じっくり見たことはない。

「亡くなった地元の人への鎮魂も込めて、演劇部には劇をやってもらいたい」

そう締めくくって校長は校舎に消える。

責任重大。そう思った。文化祭の演目なんて、去年まで軽いノリでやっていたのに、とんでもないものを背負わされた心地がする。

「あーっ、ヅカ子先輩いた！」

後輩の一人が体育館から走ってくる。

「みんなで探してたんですよ」

「ごめん。外の空気が吸いたくて」

「今から佐吉とトメのシーン、セリフ合わせたいって望見先輩が」

「わかった、すぐ行く」

私が言うと後輩は先に引き返していく。

心のなかで気合いを入れ直した。三年生で主演を任されたんだ。後輩たちを不安にさせないよう、私がこのお芝居を引っ張りたい。キャストにできるのは全力で役を演じること。余計なことを考えず、石射佐吉になりきろうと、固く決意を新たにする。

文化祭の二日前。通し稽古を終えて、ダメ出し後のミーティング中。

恐る恐る手を挙げて、口を開いた。

「衣装、変えたいです」

顔をしかめる部員たち。当たり前の反応だった。

「どうしたの、急に」

「いや、あの、わかってる」

私は望見の言葉を遮るように、「こんな直前で、何言ってるのって思われるかもだけど……この軍服を使いはじめてから、厭《いや》なことばかり起こってる」

「ヅカ子先輩、らしくないっすよ」

割って入ったのは芽依だ。

「開かずの階段下の話、信じちゃったんすね」

階段から落ちたのは私の不注意ですからと、明るい調子で続けた。脚のギプスを隠すようにして座っている。

「でも実際、ずっとトラブルが続いてるでしょ」

言うと、トメ役の一年が「すみません」と俯《うつむ》いた。

今日の通し稽古、彼女は暗転中にステージから転落した。暗闇のなかで誰かとぶつかったという。幸い怪我はなかったが、ラストシーンで軍服を抱きしめた直後に倒れ込んだ。高熱を出していた。

緊張と疲れのせいだろうと、部員たちは笑い飛ばした。

だけど不可解な点が多すぎる。暗転中、ステージにいたのは私だけ。ぶつかった感触はない。今はもう平熱に戻っているのも不気味だった。

ぜんぶ私の衣装のせい……。

曰《いわ》くつきの、呪われた軍服。そんな考えは膨らむばかり。

「トラブル続きは確かだけど」望見は億劫《おっくう》そうに、「ただの偶然よ。怪我や体調不良がないよう、いま一度みんなで気を引き締めましょう」

「それだけじゃないんだって」

「ほかに何があるっていうの？」

「えっと……」

相変わらず、演技中に人の気配が纏わりつく。さわり……さわり……と頬を撫でる、あの生温い空気の振動を、うまく説明できそうにない。

「とにかく自分で探すから」私は望見に食い下がる。「軍服を別のものに変えさせて」

「ほかを探すにしてもネットだと間に合わないし、ミリタリーショップに入るのは怖くない？」

駅前の商店街に怪しげな店がある。迷彩服やら、モデルガンやら取り揃えているのがショーウインドウ越しに窺《うかが》えたが、女子高校生が出入りする場所ではない。

だけど私は構わない。そう言いかけて、背中に痒《かゆ》みをおぼえて黙りこんだ。

さらしが蒸れたのだろうか。手を回して乱暴にこすった。私に味方する人はおらず、

「予算もないですよ」と会計担当の二年が呟《つぶや》いた。

結局、どうしても変えたいなら私が顧問に相談することになった。

温度差がもどかしい。抱えた不安を誰とも分かち合えない。私が軍服を着ているときか、軍服に関連したシーンでトラブルが起こるのに、着用者の私を除いて、関連付けて考える部員はいなかった。

「稽古の遅れは取り戻せました。明日のリハーサル、いいものにしましょう」

望見がミーティングを打ち切る。部員たちは足早に帰っていく。

背中が痒かった。手の届かないあたりまで広がって、額に脂汗が浮かんでくる。

私は一人になるのを待ってシャツを脱いだ。

鏡の前に立ってさらしを外す。背を鏡に向けて首をねじる。

「……何これ」

背中の皮がむけて真っ赤に腫れていた。手のひらほどの大きさで、左右に大きく二か所。発疹《ほっしん》のようなぶつぶつの点まで浮き出ている。

「いっ！」

触っただけで痛みが走る。ひりつくような疼《うず》きまで。

落ち着こうと何度も息を吐く。わからない。こんな急に肌が荒れるなんて、今朝シャワーをしたときは何もなかったのに……。

「どうしたんですかー？」

ドアから顔を覗かせた芽依に、私は奇声をあげる。

「もう、ビビりすぎですよ。別に脅かすつもりは……えっ？」

芽依の顔が青褪《あおざ》める。視線の先には、鏡に映った私の赤い背中。

「なんか、かぶれちゃって。変なもの食べたかな」

誤魔化すように笑う。食べ物アレルギーは持っていない。そして痒みよりも痛みが増してきた。

「ほらー、クリーニングしないから」

芽依は諫めるように、「絶対ダニのせいですってー」

「あ、ダニ……」

迂闊《うかつ》だったと納得しかけるが、やはり腑《ふ》に落ちない。ダニが原因なら手の甲とか首筋とか、素肌の触れるところが荒れるはず。背中が食われるとは思えない。

「大丈夫ですか。明日、午前中に病院とか……」

「ううん平気。うちで薬、塗ってみる」

私は制服のシャツを着て、パイプ椅子に座った。

「帰らないんですか?」

「ちょっと残るよ。ダメ出しの整理と、軽く本読みしたいから」

「真面目っすねえ。鍵だけお願いしまーす」

芽依の足音が消えるのを待って、私は衣装ラックに歩み寄る。

ずっと気持ちが引っ張られた。演劇部の部室にそぐわない本格的な、どこかの資料館に展示されていそうな重々しい軍服。厚手の生地は湿り気を帯びて、いつも誰かが着たあとの人肌を宿していた。

臭気が鼻をつく。まただ。私は消臭剤を取って連射する。こんなことならクリーニングに出せばよかった。埃っぽさは減り、カビの臭いがおさまっても拭えない、饐《す》えたような、焦げたような、草木のような、今まで生きてきて嗅いだことのない臭い。

この軍服は、本物ではないのか。

そんな疑念を抱きはじめる。細部まで凝られ、着古されて、最初から舞台衣装とは思えなかった。かつて戦場で佐吉が着た、正真正銘の軍服……無念の戦死を遂げた佐吉の恨みが、布地に染み込み、おかしなことを引き起こしているとしたら……。

誰かが横に立っていた。

見ると誰もいない。大きなスチール棚がそびえるばかり。戯曲集やスタッフ指南書、高校演劇の会報誌、商業舞台のＤＶＤ、過去の上演映像をおさめた古いビデオテープまで、雑多に詰め込まれている。

棚の左隅にある部員名簿をまとめて引っ張り出す。

十年前までさかのぼり、ページをめくった。一人一ページ、名前や生年月日にはじまり、自画像イラスト、趣味や特技、好きな食べものや好きな俳優などに混じって、「思い出に残った舞台」なんて欄もある。

軍服の出どころを知りたかった。衣装担当は誰なのか。どこから調達したのか。そこまでわからなくても、『変わらぬ想い』の上演記録や部員のメモ書き、何でもいい、せめて不安を和らげたい。だけど文化祭への言及は見当たらない。高校演劇といえば大会がハイライト。主演でも務めないかぎり、文化祭の演目など年度末には忘れてしまう。

諦めて名簿を戻した。一番下の棚に目が留まる。

「そうだ、ゲネ写」

年季の入ったアルバムを両手で抜き取る。分厚くて重たい。表紙をめくるとベリベリと音が鳴った。私らはデータ管理だけど、昔はリハーサルを撮影した「ゲネ写真」を現像していたようだ。写真に写るのは知らない先輩たち。夏合宿、地区大会、それに劇場での自主公演の様子が目立つが、文化祭らしき演目も収められている。

辛抱強くページをめくると、二冊目の後ろのほうで既視感をおぼえた。

ステージに立つのは、軍服を着た女の子。佐吉役だ。

真っ赤な照明のなかで、軍服を抱きしめるトメ役の姿もあった。『変わらぬ想い』で間違いない。

佐吉役の子は、違和感がありすぎた。不鮮明な写りでもわかるピンク色のチーク。その先輩は、茶髪のボブカットのまま軍装を纏っている。やる気が感じられない。役になりきるつもりはないのだろうかと、怒りすら湧いた。

私はさらにアルバムをさかのぼる。何冊目だかのアルバムにも、『変わらぬ想い』の写真を見つけた。今度の佐吉はギャルだった。金髪ロングを一つ結びにして、軍服の背に仕舞いこんでいる。

呆《あき》れて笑ってしまう。十年前の先輩も、二十年前の先輩も、真剣に佐吉を演じていない。クラスの出し物レベルの向き合い方で、所詮は文化祭といった、ぬるい空気が伝わってくる。こんなの石射佐吉じゃない。自分の演技を上手《うま》いとは思わないが、望見や、まわりの部員が褒めるのも理解できた。私は本気で男役に、佐吉になろうと努力している。

アルバムを片付けた。もういい。完成度はどうであれ、以前にも、無事に上演されたことがわかった。それだけでも安心できる。

思い詰めていた自分が滑稽だった。

明日は文化祭前日、最終リハーサルだ。目の前のことに集中しなきゃ——。

ドスン。

音がして、わずかに部屋が揺れた。

地震かと思ったら違うらしい。下のほうから響いた。舞台袖に置いた美術のセットが心配になり、調光室を出て、下まで様子を見に行く。セットは無事だった。壊れていたらと、わるい想像ばかりしてしまう。二階に戻りかけて視界の端が白く染まった。まただ。靄のようなものが目をかすめる。

私は地下への階段を覗いた。さっきの音は、もう一つ下かもしれない。

地下通路に降りる勇気はなかった。頭のなかで警告音が鳴っている。部室に戻って戸締りをして、職員室へ向かった。顧問の大村に調光室の鍵を返却する。

「おう舞衣子。お疲れえー」

肥満体型の四十代で、おでこが脂ぎった大村は、部員を下の名前で呼ぶ。

私は衣装について相談した。

「意外だなあ。おまえが怖がるなんて」

聞く耳持たず。気にしすぎだよと、笑って返される。

なおも説明を試みても無駄だった。やがて大村は私を見て、

「そんなんじゃ大物女優になれないぞ？」

と、わざとらしい顔つきを作る。

「大学でも演劇続けるんだろ」

「はい。役者は、そうですね」

「だったら衣装に文句は言えない。嫌でもやり切ってみせろ、それが女優魂ってもんだ！」

強めに肩を叩《たた》かれる。応援してるぞ、頑張れよと言いながらもう一度手を振りかぶった顧問に、ありがとうございますと一礼して私は職員室を出た。

扉のすぐ横の壁にかけられたパネル。空襲にあった焼け野原だ。殺風景なモノクロの大判写真に、「昭和二十年　撮影」と添えられている。

すぐに目を逸らし、重い足取りで廊下を歩いた。

私は考える。きっと大村の言うことは正しい。私は大学でも役者を続けたい。上京して、演劇が盛んな学校に行くために、必死で夏休みに勉強した。偏差値を底上げした。

この先も、用意された衣装を着たくないというワガママは通らない。高校の部活だって同じだ。どんな環境だろうと、与えられた役をまっとうしたい。逃げてたまるか。

そう覚悟しても、心は晴れなかった。

このまま軍服を着続けて、もし本番で何かあったらどうしよう。忌まわしい予感は膨れあがる。

昇降口を出て校門に向かう。白い靄が横切った。無意識に目で追うと、体育館の外壁に、するりと吸い込まれていく。

気がつくと、私は調光室の前に戻っていた。

階段を下りて舞台袖へ、そして地下の階段に足を踏み入れる。ドスンという音。あれがどうしても引っかかる。音がしたなら発生源があるはず。確認しないまま帰るのは気味わるい。

ステージ地下の通路は真っ暗で、人気《ひとけ》がない。とうに運動部も下校した。静まり返った体育館には教師が見回りにくるだろう。私は足音にも気をはらった。

階段下の倉庫前。ドアを塞いだ体操マットが一枚、床に滑り落ちている。この音だったらしい。

倉庫のドアが、わずかに開いていた。

息が詰まる。うまく呼吸ができずに、立て続けに咳《せ》き込んだ。

あれから倉庫には出入りしていない。衣装ケースを取り出してドアは閉めた。ぴったりとマットを重ねて、塞いだはず……。

目を細めながらもう一度見る。

開いたドアに押されるかたちで、重ねたマットが斜めにずれていた。信じられない。これではドアが内側から開けられて、一番上のマットが滑り落ちたことになる。私は歯を食いしばり、積まれたマットの側面を肩で押してドアを閉めた。落ちたマットに手をかけるが、一人では持ち上がるわけもない。

ざらついたものが指に触れる。咄嗟《とっさ》に手を引いた。マットの端を放しても、わずかに床から浮いている。

何かがはさまっていた。

階段の明かりも届かない、その漆黒の溝に、私は震える両手を伸ばしていく。確かめないではいられない。横たわる死体を連想して、そんな最悪なケースはないから安心しろと、おかしな保険を心のなかで掛ける。指先に硬いものが触れた。考えるより先に掴《つか》んで引きずり出す。

「ひっ」

あり得ない。震えを抑えたくて、何度も首を振った。

出てきたのは、畳まれた軍服だった。

私は尻もちをつくかたちで後ろに倒れこむ。立ち上がれない。時間をかけて、まるで金縛りに抗《あらが》うように、前かがみに体勢を整える。幻であってほしいと願いながらジャケットを広げる。触ることができて、襟元は生温かい。消臭剤のフローラルな香りに混じる、この禍々《まがまが》しい臭気——私が袖を通してきた舞台衣装だった。

乱れた息が整わない。背中の痛みもぶり返す。深呼吸を繰り返しながら涙をこらえた。ここにあるはずがない。通し稽古が終わって、部室で着替えて、衣装ラックに吊るしたじゃないか。さっき見たじゃないか。今すぐ調光室のなかを確認したいが、鍵を閉めてしまった。

私は階段を駆けあがる。走って校門を抜けた。家に帰るまでの記憶はおぼろげで、晩ごはんを食べず、お風呂にも入らず、心配する母親に八つ当たりして部屋に籠った。

濁った意識のなか、ベッドに潜り込む。

背中の痛みはおさまらない。奥のほうまで、じくんじくんと疼いている。薬は塗り損ねた。リビングに薬箱があるけどベッドから出たくない。

何も考えたくないのに頭は冴《さ》えわたる。次々と思考が展開していく。

機材トラブル、バレー部の事故、芽依の骨折、ここまでは認める。トメ役の子の転落と発熱は、疲れのせいだとしよう。だけど、内側から開いた倉庫のドア、あの畳まれた軍服は受け入れられない。それにずっと付き纏う、人の気配と白い靄……どう解釈を試みても納得がいかず、怖くなるばかり。

このお芝居は、本当にあったことなのだろうか。

ふと頭によぎる。軍服は佐吉が着ていたもので、物語もフィクションではなく、戦死した佐吉の魂がトメに会いに来て遺《のこ》したのが、あの軍服だとしたら――。

背中に激痛が走って、我に返る。

私は首を振った。そんなわけない。たとえ彼らが実在した人物であっても、死んだ夫が妻のもとに戻ってくることはないし、軍服だけが遺されるなんてあり得ない。第一そんなものが、どうして演劇部の倉庫にあるというのだ。

誰かの戦争体験に、オカルトが脚色されただけ。お芝居はあくまでお芝居なのだと、心のなかで言い聞かせる。

妄想を繰り広げるのはやめよう。関係ない。ぜんぶ思い過ごしなんだ。

気持ちを切り替えて、明日に備えて電気を消した。

眠りにつけたのは明け方になってから。怖い夢にうなされたが思い出せない。


「顔すごいよ」

そう言った部長に倣うように、部員たちも眉をひそめた。

「何だか寝つきわるくて。緊張してたのかな」

「そんなのでリハーサルできるの？」

「やるに決まってるでしょ！」

思わず声を荒らげると、みんなが狼狽《うろた》えた。私は相当に気が立っている。

今朝、軍服は部室のラックに吊るされていた。地下にはなかった。白昼夢でも見たというのだろうか。

「時間でーす」

下のステージから声がする。準備を終えた部員たちと、調光室を出てステージに集合する。

「文化祭公演『変わらぬ想い』のリハーサルをはじめます。悔いのないよう全力で」

望見の先導でキャスト班が円陣を組む。全員で声を出して気合いを入れた。スタッフ班の拍手に見送られ、それぞれ舞台袖にスタンバイ。私も下手《しもて》の幕に引っ込んだ。

息を吐いて、意識を集中。自分のせいで迷惑をかけたくない。誠意をもって真剣に演じれば大丈夫。佐吉の体験をイメージして、役になりきってみせる。このリハーサルを乗り切れば明日の本番も安心してステージに立てるはず!

開演のブザー。続いて音楽が流れる。照明がともる。

私は注意深くステージに立った。

佐吉とトメの出会いからはじまり、物語前半は、村での平和な暮らしが描かれる。コミカルなやり取りもあってテンポよく進んだ。

明るく楽しいシーンのなかで、私は一人、神経を研ぎ澄ます。舞台セットに危険なところはないか。天井バトンの照明機材は安全に吊られているか。小道具の取り扱いも慎重に行った。

今のところ異常はない。誰も怪我をしていない。

……いける。最後まで無事にやり遂げられる。

お芝居は後半にさしかかった。戦局が悪化し、佐吉に召集令状が届く。一転してシリアスな空気に変わっていく。

私は薄暗い舞台袖で、軍服を身に纏う。

「ヅカ子先輩、出番」袖に控えたスタッフ班の二年が慌てる。「早くステージに！」

「わかってる……！」

足が震えた。尋常じゃない心拍数。私は心身ともに躊躇《ためら》っている。

奮い立ってステージに出た。佐吉が村人に見送られながら出征する。スピーカーから流れる勇ましい軍歌に私は怯《おび》えた。今にも苦悶《くもん》の声が聴こえそうで、耳を塞ぎたくなる。

ダダダダダダダ！

びくっと身が竦《すく》んだ。機関銃の掃射はスピーカーからの効果音。続いて戦闘機の轟音《ごうおん》。戦場のシーンだ。稽古で何度も聴いたのに、ひどく耳に障る。私は台本通りにセリフを言って、演出通りに舞台上を動いた。お芝居は進む。お腹《なか》が空《す》いた。朝食を食べたのに胃のなかは空っぽ。もう随分と、何も口にしていないように飢えている。

私はステージ中央で身をかがめ、客席のほうを向いた。ジャングルで敵軍を迎え撃つ。バレー部の子の、割れた赤い頭を思い出す。災いが起こりませんようにと祈って銃を握りしめる。

蒸し暑かった。照明の明かりが、燃え盛る太陽光のように降り注ぐ。上半身は汗でぐっしょり、背中の痛みも疼いてくる。頭がぐるぐる、目の焦点も定まらない。

悪臭が鼻をつく。草木や、腐ったものが焼ける臭い。朦朧《もうろう》とする意識のなかで目をこじ開けるが、うっすらと緑色に染まった視界が蜃気楼《しんきろう》のように揺らぐ。

まるで本当のジャングルにいるみたいだと思って、ハッとなる。

想像力をこえたお芝居の臨場感。これもまた、軍服が引き起こしているとしたら……。

違う、集中しなきゃ、馬鹿なことは考えるな。

私は演技した。佐吉になりきろうとした。戦友を助けるために茂みから飛び出し、敵の射撃を胸に受ける。一発の大きな銃声に合わせて動きをとめる。後ろのホリゾント幕がライトで真っ赤に染まる。左胸を押さえながら、わなわなと震えてセリフを口にする。

「生きて……帰りたかった……トメ……」

佐吉は撃たれて死んだ。

舞台が真っ暗になる。私は蓄光テープを頼りに舞台袖へと引き返す。銃を脇に置いて息を吐いた。肩の力が抜けていく。

山場をこえた。私の出番は、妻のもとに現れるシーンを残すだけ。

卓上ミラーを顔に向ける。乱れた髪を整えようと、鏡に映る顔を見て息を飲む。

私じゃない。どこからどう見ても男だ、それも酷《ひど》い形相……目は窪《くぼ》んで頬はこけ、唇は渇いて赤みを失い、おでこは頭蓋骨のかたちまで浮き出ていた。目を背けるが、網膜に焼きついたその怯えた表情は、自分のもので間違いない。

動揺を鎮めるために深呼吸する。あと少し、あとワンシーンで私は終わるんだ。

立ち上がる。体の節々がひどく痛む。ステージに戻ってトメのもとに急ぐ。足取りはおぼつかない。トメ役の一年が顔を引きつらせる。私の形相に驚いているよう。

「トメ……すまない、すまない」

私は構わず演技を続けた。

「お、おかえりなさい。よく帰ってきてくれました」

一年もそれに応える。お芝居は滞らずに続いていく。

ゆっくりと照明が落ちた。

最後の暗転。ここで私は素早く軍服を脱ぎ、畳んだ状態で布団に置いてから、ステージを去るという段取り。暗いなかで服を脱いで畳む練習は何度もやった。置き場所も蓄光テープで確認できている。ここまで辿り着けてよかった。またしても体の力が抜けそうになる。

すぐに全身が硬直した。

首元のボタンが外せない。どうして……強く指で押しているのにビクともしない。それどころか首が絞めつけられる。息苦しい。汗をぬぐっても無駄だった。ボタンにかけた指が滑る。

私は軍服を脱ぐことができない。

ステージは暗いまま。私が退場しなければ照明はつかない。ボタンを引きちぎってでも脱ぎたかった。脱げないなんて信じたくなかった。

人肌が手の甲に広がる。心臓がぎゅっと締まる。誰かが、私に手を重ねている。

真っ暗であたりは窺えない。

それなのに。目の前に、白い輪郭がぼうっと浮かんでくる。

俯いた、女の人――。

暗闇のなか、私はその姿をとらえていた。

女が頭を上げる。表情は陰になって見えないが、視線を感じる。

空洞のように黒い顔の奥から、彼女は真っすぐ私を見つめている。

せり上がる胃液を何度も飲み下した。落ち着け、落ち着けと、頭のなかで繰り返す。

トメ……。

目の前にいる女が誰なのか、私にはわかってしまう。

このところ、そばで感じていた人の気配。それはトメだった。佐吉ではなかったのだ。

彼女が近づいてくる。私に向かってすうーっと、まるで私自身に吸い込まれるような動きで、気づいたときには身体を突き合わせている。細長い腕が伸ばされる。軍服越しに抱きしめられる。痛みが燃え上がった。背中の赤い発疹に、トメの手のひらが重なっている。

「いやあああっ！」

突き飛ばしたつもりが、私は後ろに倒れ込んだ。首から上が見えない女が佇んでいる。起き上がった私は走り出す。舞台袖に逃げるしかない。望見や、部員たちに怒られるだろう。知ったことか。私は絶対に助かりたい！

暗闇が続いている。

我に返って動きを止めた。靴の裏に、両足で立つ感触がない。周囲をぐるりと見回す。ステージ照明を落としたって、体育館のカーテンから漏れる光や、報知器の明かりや非常口マークは点《つ》いたままのはずなのに、どこまでも遠く、どこまでも深い、身体を覆い尽くす暗黒のなかに私はいた。

呆然《ぼうぜん》と立ち尽くす。異変に気づいた誰かが照明をつけるまで、大人しくするしかない。

ふいに生温かさを背中に感じた。

トメだ。私に覆い被《かぶ》さるように後ろから両手を回してくる。咄嗟に前に出る。焦げくさい。燃えるような臭いに次いで、火の爆《は》ぜる音。暗闇に仄《ほの》かな赤みがさしてくる。失いかけた気力が蘇《よみがえ》って私は宙を蹴った。前に進んだ感覚はない。それでも私は声にならない叫びをあげて両足を動かす。背中が熱い。後ろから白い靄が追いかけてくる。両腕で振り払う。靄には重さがあった。腕に、肩に、首に、指に、振り払っても振り払っても、纏わりついてくる。涙がボロボロとこぼれる。飲み込まれてたまるか。死にたくない。私は生きたい。ひたすらに願いながら、私は真っ暗闇に溺れていく――……。


目を開けると、調光室で寝かされていた。

天井の蛍光灯が眩《まぶ》しい。耳鳴りもひどい。保健室に運ばれるのを断って部室に残る。

暗転中、私はステージで気を失ったらしい。

心配を寄せる部員たちの言葉に空返事で応えながら、安堵《あんど》を噛《か》みしめる。

よかった……逃げることができたんだ……。

「ごめんなさい」

私はみんなに頭を下げた。

「急に軍服が脱げなくなって、おかしいんだよ」

最後まで衣装のことを訴える。

「ほら、どう頑張ってもボタンが……」

証拠を見せようと、首元に手をかけた。するりと第一ボタンが外れる。

「えっ、あれ？」

「もういい」

望見が帰り支度をはじめる。

「待って望見、違うんだって」

「演技はよかったのに、いつまでくだらないこと言ってるの」

目も合わせないで出て行った。

芽依をはじめ、ほかの部員は優しかった。「本番はうまくいきますよ」「リハーサルでよかった」と、手ひどい失敗をした私を慰めて、調光室を去っていく。

誰もいなくなった。すでに舞台セットは一年が撤収し、ダメ出しも終わっていたらしい。着替えて衣装をラックに戻しても、意識はまだおぼろげで、私は椅子に座ったまま。

あの暗闇は何だったのだろう。失神して夢を見たのか、黄泉《よみ》の国に片足を突っ込んだのか。

ぼんやりと、今までのことを振り返った。

私は理解する。不可解な一連のトラブルは、軍服のせいでも、ましてや佐吉の怨念でもない。すべては石射トメによるものだった。

音響機材のノイズは、佐吉を戦争に行かせる出征の軍歌が嫌だったから。バレー部の子が負傷したのは、佐吉を殺そうとする敵兵だと思ったから。芽依の骨折や、一年の子の転落と発熱も、トメの心情に立てば腑に落ちる。佐吉に近づくほかの女を排除したかったのだろう。

もちろん根拠はない。想像にすぎない。

だが、暗転中にトメは現れた。確かに私の目の前にいた。

校長の話を思い出す。うちの高校は、焼け野原の跡に建っている。トメは空襲で焼け死んだ。この場所には、かつて彼女の住む家があったのではないか。彼女は十年前にもいた。二十年前も、三十年前も、その前からずっと開かずの階段下に、あの倉庫に石射トメはいたのだ。何度も『変わらぬ想い』の上演を見守ってきた。

興奮と恐怖が一緒におとずれる。私は石射佐吉になりきれた。自分の旦那であると、トメが見紛《みまが》うほどの演技ができた。イメージを膨らませ、劇中で佐吉を疑似体験するほど、真剣に演じられた。役者としてこれ以上の喜びはない。

だけどその結果、暗闇に引きずりこまれた。トメは佐吉と、二人きりになりたかったのかもしれない。もし逃げなければ私はどうなっていたのか。恐らく、二度とは戻ってこられない……。

誰にも話すつもりはなかった。もう幕は上がる。部員を動揺させたくないし、信じてもらえるかも怪しい。やるしかないんだ。私は明日も全身全霊で佐吉を演じる。どんなことが起こっても、最後まで、佐吉という役を演じてみせる。私はまだプロの役者じゃない。どこにでもいる演劇部のアマチュア。だからこそ、舞台に上がるなら本気で挑みたい。私は生きているんだ、死んだ人間を怖《おそ》れてたまるものか！

激痛が走り、喘《あえ》いだ。

焼けるように背中が痛い。堪《こら》えきれず両膝をつく。

背中の赤い発疹は、抱きしめられたときに手が置かれたところ。そうか、これは火傷《やけど》の跡。空襲で焼けていくトメの、燃え盛る両方の手のひらが、私の背中を焦がしたんだ。

視界がふわりと揺れる。顔をあげると、ラックから軍服が消えていた。

私は飛び上がる。嘘《うそ》だ。衣装を脱いで掛け直したばかり。一体どこに……。

導かれるようにして、長机の奥、部屋の隅に目をやった。

モンペ姿の女性が、床に座り込んでいる。

軍服は、女の手元にあった。撫でるように布地を伸ばし、丁寧に折り畳んでいく。

立ち上がった彼女は、畳んだ軍服を胸に押し当てる。

私は変わらぬ想いを知った。

戦争で愛した男を奪われても、その帰りを待ち続け、夫の遺品に寄り添う女。

軍服は本物ではない。きっと彼女の想いが形作ったもの。軍服に彼女が寄り添うのではなく、彼女とともに軍服があった。

私は身じろぎもせず、その姿を眺めた。

はっきりと顔まで窺える。透き通るほどの肌。綺麗《きれい》に結わえた黒髪。凜《りん》としたその佇まい。なんて美しい人だろう。ほんのりと頬には赤みがさし、幸せそうに笑っている。

「トメ」

私は呼んだ。心を込めて、妻の名前を呼んだ。

トメが顔を向ける。私を見つめて微笑《ほほえ》みをたたえる。どこか安堵をおぼえているよう。

――おかえりなさい。

唇がそのように動いた気がしたけど本当のところはわからない。

私はトメにゆっくりと近づく。

痛みは背中全体に広がり、腕や脚のほう、首筋にまで迫りくる。構わなかった。差し出された手に指先を絡めてそっと握る。温かい。彼女の火照りが、じんわりと私のなかに染み込んでくる。妻の愛情を、この胸いっぱいに感じとる。こんなに愛してくれるなんて、私も幸せだと思った。

トメは私の帰りを待っていた。私も夫として、彼女の想いに応えたい。

身体を優しく引き寄せて、強く抱きしめる。

白い靄は私を包み込んでいく。遠くで火の爆ぜる音がした。

Ghost Stories in the School

庵主の耳石

櫛木理宇

櫛木理宇

くしき・りう

1972年新潟県生まれ。2012年『ホーンテッド・キャンパス』で第19回日本ホラー大賞を、同年『赤と白』で第25回小説すばる新人賞を受賞し、デビュー。「ホーンテッド・キャンパス」シリーズのほか、『ぬるくゆるやかに流れる黒い川』『虜囚の犬』『殺人依存症』『灰いろの鴉』『老い蜂』など著書多数。

向かいに座った夫のグラスにビールを注ぎ、自分にも半分だけ注ぐ。

かちりとグラスを打ちあわせて、

「お疲れさま、今日は忙しかった?」

と成美《なるみ》は問うた。

「んー、いつもと変わらないよ。……それより、そっちはどうなんだ」

唇を湿らす程度にビールを舐《な》め、夫が尋ねかえしてくる。

成美は思わず視線をはずした。

夫の帰宅に合わせて温めなおした牛肉たっぷりの肉豆腐、なす南蛮、小松菜の白和《しらあ》え、葱《ねぎ》と薄揚げの味噌汁《みそしる》が、急に味気なく色褪《いろあ》せた気がした。

「むずかしい、みたい」

言葉を選んで、成美は低く答える。

箸を伸ばし、夫の肉豆腐をつまんだ。夕飯は娘の凜香《りんか》とともに七時前に済ませたが、ビールをお相伴するとついなにか食べたくなる。

「まあ、すぐ解決するような問題じゃないもんな。休まず学校に行ってるだけ、上出来だよ」

「……うん。わたしもそう思う」

言葉とは裏腹に、成美は語尾にため息を滲《にじ》ませた。

今年で中学二年生になる凜香が、クラスでいじめられているらしい——。そう気づいたのは先々週の火曜だ。

凜香本人から、

「ママ、わたしLINEやめた。今度から連絡はショートメールにして」

と言われたのがことのはじまりであった。

いきなりの宣言に成美は面食らった。ここ数年というもの、家族間の連絡は義父母もまじえて作ったLINEグループで交わしてきた。それでなくとも凜香は、クラスメイトや部活の先輩と、LINEをメインに交流している。

「どうして？　アプリの不具合？」

訊《き》きかえしたが、凜香は首を横に振った。

「じゃなくて、アプリごと削除した」

「え？　なんでそんなことしたの」

成美は目を剝《む》いた。

「クラスや部活の連絡網だって、いまは全部LINEでしょ。それじゃ情報がまわってこないじゃない」

「いいの。とにかく、これからはショートメールにして」

ふいと顔をそむけ、凜香は階段を駆けあがっていってしまった。その反応に、

――そういえばあの子、ここ最近様子がおかしかった。

と、いまさらながら成美は気づいた。

友達の話をしなくなった。夕飯の席でも言葉すくなだった。食事中にスマートフォンをいじるのもやめていた。代わりにテレビのバラエティばかり観《み》て、そのくせ笑い声ひとつ立てようとしない。しかし「思春期だもの。親と話したがる年頃じゃないよね」と思い、深く突っ込んでこなかった。

――友達とトラブル？　でもそれだけで、アプリごと削除するものかしら。

まさか、いじめ？

そう考えたとき、背すじがひやっと冷えた。

まさか、と思う。まさかうちの子に限って、と。

だが「わたしLINEやめた」と告げた凜香の硬い表情と、青ざめた頬の記憶が「まさか」の思いを上書きしていく。

――だとしたら、もっと早く気づいてあげるべきだった。

成美は悔やんだ。

「昨今はいじめが低年齢化し、小中学生間で深刻だ。とくにＬＩＮＥやインスタグラムなど、ＳＮＳを使ったいじめが主流になっている」

「子どもはいじめを親に相談したがらない。親のほうからいち早く、子どものシグナルを察知して対応してあげないと」

などとわけ知り顔に語る識者を、テレビやネットで何度も目にしてきたというのに。自分の娘に当てはめて考えず、いつも「大変ね」などと適当に聞き流していた。

――でも、どうやって確認したらいいんだろう。

凜香本人に問いただす？　クラスメイトの母親に探りを入れる？　凜香を尾行して交友関係を探る？　駄目だ。どれもできそうにない。

思い悩んだ末、ついに成美は娘のスマートフォンを覗《のぞ》いてしまった。

それが、先週の月曜だ。

凜香は入浴中だった。ロックは凜香の好きな男性アイドルの生年月日八桁で、あっさりと解除できた。

中を覗くと、ＬＩＮＥアプリはやはりアンインストールされていた。メールアプリは受信フォルダも送信フォルダも真っ白だ。ゴミ箱さえきれいなものだった。迷いつつ、ブラウザをひらく。

約二分後、成美はブラウザの履歴から凜香のブログとSNSを発見した。そして「見なければよかった」と思った。どちらにも、いじめの記録が切々と綴《つづ》られていたからだ。

「今日も無視された」

「透明人間になった気分」

「誰もしゃべってくれない。目も合わせない」

「笑いながらこっちを見てひそひそするくせに、わたしが見るとあからさまに顔をそむける」……。

成美はブログとSNSのURLをメモに控え、そっと凜香の部屋を出た。そして自分のスマートフォンで、娘の訴えを隅から隅まで読んだ。

いつものように九時過ぎに帰宅した夫にすべてを報告すると、

「――大ごとには、しないほうがいいだろうな」

眉間に皺《しわ》を刻んで彼は言った。

「親が騒ぐと、子どもはかえって学校に行きづらくなるよ。一過性のことかもしれないし、しばらく様子を見よう。さいわいブログとSNSで、ことの経過は追えるんだからさ」

「そうね」成美はうなずいた。

「……わたしも、それがいいと思う」

だがそれから二週間経《た》っても、いじめがおさまる気配はなかった。

毎日成美はブログとＳＮＳをチェックした。しかし大きくエスカレートしない代わり、改善もなかった。最近は凜香も長文を綴る気力がないらしく、

「今日も無視」

「無視無視無視無視」

「しんどい」

「つらい」といった短い慨嘆ばかりが羅列されている。

——親として、いったいどうすればいいのか。

思わず「はあ」とため息を洩《も》らした成美に、

「まあ飲めよ」

めずらしく夫が彼女のグラスに缶を傾けてくる。ありがたく成美はお酌を受けて、

「いまのあの子に、してあげられることってないのかな」

とうなだれた。

「母親だもの。解決してあげたいし、守ってあげたい。でも大ごとにしちゃ駄目だってこともわかってるの。だったら、どうしたらいいのか……」

「アドバイスしようにもむずかしいよな。おれたち二人とも、いじめた経験もなけりゃ、いじめられた経験もないんだから」

夫が苦そうにビールを呷《あお》る。

「きみの口癖でもあるじゃないか。『子どもの頃からずっと周囲に恵まれてきた。幸運だった』って」

「うん。だって、ほんとにそうだもの」

成美は箸を置いて、

「小学校でも中学校でも、さいわいわたしは一度もいじめられなかった。この耳にもかかわらず――ね」

と己の右耳を指した。その耳孔には最新式の補聴器がはまっていた。

彼女の片耳が聞こえなくなったのは、小学生のときだ。両親は耳鼻科を三軒はしごした。しかし医師は三人とも口を揃《そろ》えて「器質性障害ではない。おそらく心因性のものだ」と言った。

原因は祖父の死だろう、とされた。

その証拠に成美が右の聴力を失なったのは、祖父の死の直後であった。成美は誰もが認めるお祖父《じい》ちゃん子だった。しかし祖父の七回忌を済ませ、心療内科に六年通っても、右耳の聴力は戻らずじまいだった。

「とはいえ、いじめの経験なんか関係ないか」

夫が肉豆腐に七味をかけながら言う。

「おれたちの時代とはわけが違うものな。裏サイトだのLINEいじめだの、おかしな画像をネットで拡散させるだの……。パワポで企画書を作るのがやっとのおれには、ついていけない世界だよ。……いまのところ、いじめは女子の間だけでとどまってるんだろ？」

「うん、まあ」

「なら暴力沙汰はないよな。そこだけは安心だ」

「そんなの――」

そんなのわからないよ、と反論しかけて成美は言葉を呑《の》んだ。

そう、いまの段階ではまだわからない。緩やかにおさまっていくかもしれないし、エスカレートするかもしれない。女子同士のいじめだから無視だけで済むなんて、誰にも断言できやしない。

現に今年に入ってから、成美はテレビのワイドショウで三度も〝いじめによる自殺〟のニュースを見ている。うちひとりは男子で、ふたりは女子であった。

――自殺。

いやだ、と成美はかぶりを振った。

うちの子が自殺するなんて、考えたくもない。想像するのさえいやだ。事態はそこまで深刻ではないと思いたい。というより、そんな事態にいたる前に手を打ちたい。

——でも、なにをしたらいいかわからない。

思わず部屋着の胸もとをぎゅっと握ったとき、

「まあ、いまはそっとしといてやろう」夫が言った。

「おれだって昔は中学生だった。だから気持ちはわかるよ。いじめられてるなんて、親には言いづらいもんさ。これまでどおりSNSをまめにチェックして、雲行きがあやしくなり次第、すぐ動けるよう準備だけはしておこうや」

「そうね」

成美はうなずいた。

「そうね。——そうするしかないよね」


翌朝、凜香はいつもの時間に家を出ていった。

いつものように髪を整え、いつものように制服を着て、指定のスクールバッグを持ち、淡くシトラスが香るコロンを付けて、

「いってきます」と玄関扉を閉めた。

娘と夫がいなくなった家で、成美は掃除機を片手に歩きまわった。

週三でやっている事務のパートは、今日は休みである。スーパーの特売は午後からだし、好きだった連ドラは終わってしまった。洗濯機は昨日まわしたばかりだ。

だから、することがない。朝食の皿を洗って片づけ、お米をとぎ、玄関先を掃き、掃除機を全室にかけてしまったあとは、もうなにも――。

そうしていま、成美は凜香の部屋にいる。

カーテンとベッドカバーは凜香の好きなペイルグリーンだ。窓際にはパキラとサボテンの鉢が並んでいる。学習机はごくシンプルなデザインで、キャスター付き抽斗《ひきだし》と椅子、本棚がセットになっている。

――いけない。

成美は自分に言い聞かせた。

娘の入浴中にスマホを覗いた。それだけで充分いけないことだ。義務教育中の娘にだってプライバシーがあるのだ。いくら心配だからって、親だからって、なんでもこそこそ嗅ぎまわっていいわけじゃない。

そう思うのに、手は勝手に動いた。

このキャスター付き抽斗の最上段には、鍵がかかる。その鍵のありかを成美は知っていた。本棚に並ぶ漢字辞典のページに挟んであると、何年も前から把握していた。

成美はその鍵を使い、最上段の抽斗を開けた。

手前に引く。なんの抵抗もなく、抽斗の中がさらけ出された。

底の浅い抽斗には、こまごまとしたものが雑然と入っていた。カラーペン。メモ帳。シール。ホッチキス。男性アイドルのトレーディングカード。使いかけのネイル。ポケットティッシュ。付箋。目薬。クリップ。それらに混じって——。

石を、成美は見つけた。

掌《てのひら》にのるほどの大きさの石だった。

すべすべとして、勾玉《まがたま》のようなかたちだ。色合いはローズクォーツに似ている。しかし、ローズクォーツよりもっと人肌の色みに近かった。

ほんのりと赤い。あたかも内側から血のいろを透かしたような赤だった。感触ははっきりと硬いのに、いまにも脈打ちそうな生々しさを感じる。

——ああ、そうか。

成美は気づいた。なにかに似ていると思ったら、この石は色もかたちも人間の耳にそっくりなのだ。そして、確かにどこかで見たことがある。でも、どこでだったろう——。

その瞬間、成美の記憶が弾《はじ》けた。

忘れていた過去の扉が、ぎりぎりと力ずくでこじ開けられる。こめかみが激しく痛む。海馬にしまいこまれていた記憶が目を覚まし、せりあがってくるのを感じる。

耐えきれず、成美はその場にしゃがみこんだ。

みぞおちから嘔吐《おうと》感が突きあげる。それをなんとかこらえ、苦いつばとともにごくりと呑みこむ。

そうしてふたたび顔を上げたとき。

彼女は、大学時代の森本《もりもと》成美に還《かえ》っていた。

――え、……学校?

成美は唖然《あぜん》とした。

眼前には、宇治木《うじき》小学校の校舎があった。たっぷりと濃い夜闇《やあん》を背景に、木造の校舎がそびえ立っている。

成美は右手で、無意識に耳孔の補聴器に触れた。途端に息を呑む。現在使っている品ではない。もっと旧式で、性能の低い補聴器であった。

そうだ。成美はいま一度思った。

そうだ――。これはあの夜だ。

わたしはいま、あの夜に戻っている。あの夜をふたたび体験している。

いまにも脈打ちそうな、耳殻のかたちをした不思議な石。宇治木小学校。かつてわたし自身が通った母校でもある、古びた大きな学校。

――教育実習だった。

当時、成美は教育学部の四年生だったのだ。公務員志望で、とりわけ教師になりたかった。だから約十年ぶりに、彼女は母校の宇治木小学校を訪れた。

——一介の、教育実習生として。

宇治木小学校、略して宇治小は歴史の古い学校だった。

校舎の約半分は鉄筋だが、残りの校舎と体育館は古い木造のままだった。壁は木の節があちこち抜けて穴があき、冬ともなれば隙間風がひどかった。

廊下は歩くたびぎしぎし鳴った。階段は勾配がきつく、低学年の生徒がしょっちゅう転げ落ちて怪我《けが》をした。

「……まあ、こういう古い小学校に怪談は付きものだがね」

教育実習生の指導役をつとめる学年主任は、そう額を掻《か》いて苦笑した。

「世間じゃハイテクだのＩＴだのと言ってるが、子どもってのはいつの世も変わらんよ。妖怪だのお化けだのといった、怖い話が大好きだ。その〝大好き〟だけでとどまってくれりゃ、こっちも苦労はないんだが……」

学年主任は成美に向かって、

「森本さん、あんたも卒業生なら知ってるよな？　あの地蔵堂の怪談」

と訊いた。

「え、あ、はい」

唐突に水を向けられ、成美は慌ててうなずいた。

時刻は真夜中だった。そして季節は冬だ。

学年主任ら三人の教師と成美を含む二人の実習生は、スノージャケットに手袋、ブーツという重装備で深夜の小学校に集まっていた。校庭の芝も遊具も、校舎の屋根もうっすらと白いもので覆われている。

彼らが真夜中になぜここに集まったか。

目的は地蔵堂の〝見張り〟であった。

成美は学年主任を見上げた。

「知ってます。ていうか、まだ言い伝えられてたことにびっくりしました」

「だよな」

学年主任は笑って、

「あれには困ってるんだよ。とはいえものがものだけに、取り壊すわけにもいかん。校内から移動させようって話は、何度か出たことがあるんだ。しかしそのたび立ち消えになっちゃってな」と言った。

「立ち消え、ですか」

「いやいや、そんな顔するなよ。べつに大したこっちゃない」

彼は打ち消すように手を振った。

「単に移動先が見つからないってだけなんだ。だがそれも、変な噂《うわさ》に尾ひれを付ける原因になっとるようだな。いわく『地蔵堂を移そうと請け負った業者が、その日から悪夢にうなされるようになった』『謎の老婆があらわれて、〝あの地蔵さまを動かすと、学校そのものが呪われる〟と呪詛《じゅそ》を吐《つ》いていった』『クレーンで吊ろうとしたが、そのクレーンがいきなり横転した』、等々——」

学年主任が肩をすくめる。

「もちろんデマさ。ぜーんぶデマ。生徒たちの間でまことしやかに広まった、無責任なでたらめだよ。だが上級生たちがデマで騒ぐと、下級生にもどんどん伝播《でんぱ》していっちまう。きょうだい間だのスポーツチームの先輩後輩間で広めていって、気が付きゃほんの数日で、全校生徒がそのデマを共有している。……森本さんの時代だって、そのへんの事情は同じだったろう？」

「あ、はい。そうですね」

成美は同意してから、「でも」と付けくわえた。

「でもわたしの頃は、もっとシンプルな噂だった気がします。確か『真夜中になると地蔵さまが目を覚ます』だとか、『真夜中に地蔵さまにお供えをすると、なんでもひとつ願いごとが叶《かな》う』だとか」

「はは。それじゃあ基本の話は、いまも昔も変わらんってわけだ」

学年主任が笑って、

「歩きながら話そうか」

言うが早いか歩きだす。成美は慌てて彼のあとを追った。

しかし他の三人は付いてこなかった。どうやら彼らは他の場所で見張るらしい。

そう、地蔵堂目当てに夜の学校に忍び込む生徒たちを、追いはらうための見張り番だ——。

「森本さんが地蔵堂を最後に見たのは、何年前だね？」

「卒業して以来見てませんから、ええと、約十年前かと」

記憶を呼び起こしつつ成美は答えた。

「校庭のバックネットの近くにぽつんとあって……。地蔵堂と呼ばれてますけど、実際は祠《ほこら》ですよね。お地蔵さまはわたしがいた頃から、目鼻もわからないくらい摩耗してました。おまけに左右どっちかの肩が大きく欠けてた気がします」

「よく覚えてるなあ、じゃあもしかして〝この場所には以前は寺があった〟なんて噂も覚えているんじゃないか？」

「あ、はい。なんとなく」

学年主任の言葉に、成美はうなずいた。

おそらく全国各地、どこの学校にもあるたぐいの怪談だろう。どこでも「この学校が建っている土地は、昔は墓地だった」「病院があった」「古戦場だった」などの噂がまことしやかに立つ。死びとの霊が多くさまよう地所なのだ、と。

そして子どもたちは半信半疑ながらも胸をときめかせ、その噂をまた別の級友に広める。非日常への憧れと、退屈な現状への安堵《あんど》を同時に噛《か》みしめるために。

「確か、そのお寺の尼さんが土中で即身仏になって、いまもまだ埋まってる……とかいう噂でしたよね」

成美は言った。

「小学生の頃は即身仏なんて言葉は知りませんでしたから、ただ〝生き埋めになった〟とみんな言っていた気がします。深い穴を掘って、そこに尼さんが座って、上から土をかけて埋めていったんだと。でもその尼さんはほんとは死にたくなんかなかった。だからいまだに世を恨んでいて、真夜中に本来の意識を取りもどす。そうしてその時刻に尼さんのためにお菓子を供えた者は、願いをひとつ叶えてもらえる。反対に尼さんが嫌いな鼠《ねずみ》の鳴き真似《まね》をすれば、祟《たた》られて二度と家に帰してもらえない」

暗唱するように言ってから、首をかしげた。

「変な話ですよね。つじつまが合ってません。なんで世を恨みながら死んだのに、お菓子程度で願いごとを叶えてくれるんでしょう」

「ははは、子ども向けの伝説なんてそんなもんさ。改変に改変が重なって、おかしなことになっていくんだろう」

　学年主任はそっくりかえって笑った。

「しっかし、えらいえらい。森本さんはほんとによく覚えてるよ。それにその噂も、絶妙に意味不明でユーモラスだよな。まるっきりの嘘《うそ》じゃなく、真実をちょっぴり混ぜこんでるのもいい塩梅《あんばい》だ」

「え？」

　成美はぎくりとした。

「真実をちょっぴり、って……。この伝説、ほんとの部分なんてあったんですか」

「あったんだなあ。わたしゃ趣味で郷土史を調べてるもんでね、享保《きょうほう》の頃、ここらに寺院があったのはほんとうらしい。そうしてその近くには尼さんの家、つまり庵室もあった」

　学年主任がこともなげに言う。彼は行く手を懐中電灯で照らしながら、

「その庵室には尼さんが何人か住んでいたそうで、そこまではしっかり記録にあるんだ。また庵主が即身仏になったことも史実として残ってる。あの地蔵さまは、その庵主を祀《まつ》ったもののようだな」

　と言った。

「記録にはこうあった。〝人ひとりが座って入れる大きさの箱に庵主を入れ、箱ごと土

中に埋める。箱には細い竹筒を挿し、この筒が呼吸穴になるよう、先端は土上に出しておく〟。この竹筒は生存確認にも使われていたため、筒穴に耳を寄せると経文を唱える声や、庵主の持つ銀鈴の音が聞こえてきたそうだ」

「でも、食べ物とか水は持って入らないんですよね？」

成美は問うた。

「だったら、すぐ餓死しちゃうんじゃないですか」

「まあそうだろうな。しかし当時の風土記によれば、鈴の音《ね》は約十日ほど聞こえていたらしい。だがそれもやがて絶え、庵主は望みどおりの仏さまになれたってわけだ。……こう言っちゃなんだが、信仰心の薄いおれには、あまり気持ちのいい話じゃないな」

「ですね。記憶にはいやでも残りますが」

「いまふうに言やあ、インパクトがあるってやつか。だからこそかたちを変えて、現代にも語り継がれてるんだろうさ。変えすぎて、いまや原型をとどめちゃいないのが残念だけども」

「当の庵主も残念だと思いますよ」成美は苦笑した。

「三百年後に受験の神さま扱いされるとは、まさか想像もしていなかったでしょう」

「そりゃそうだ」

顔を見合わせて二人は笑った。

そう、彼らが真夜中の見張りに訪れた理由はここだ。

——受験の神さま。

宇治木小学校は、田舎町には珍しく中学受験がさかんな小学校である。市町村合併を繰りかえした挙句、宇治木中学校が廃校にされてしまったせいだった。

そして宇治中を吸収したかたちの三波中《みなみ》は、お世辞にも生徒の柄がよろしくない。結果、この校区から私立へ受験する生徒数は以前の七倍にも跳ねあがった。

なお成美もまた、宇治小から私立中学へ進んだうちのひとりであった。

「〝真夜中に地蔵さまにお供えをすると、なんでもひとつ願いごとが叶う〟——。受験の合格祈願に使われてるんですよね」

成美は吐息まじりに言った。

「そうなんだ。しかも理由が理由だけに、強く反対しない親御さんも多い。そのせいで毎年筆記試験の直前ともなると、怪我をする生徒が頻出する。夜中に学校に忍び込もうとして塀や柵から落ちたり、夜道を行く途中で交通事故に遭ったり、はたまた変質者に追いかけられたり——。だから、そのための見張りってわけだ」

学年主任も深く嘆息した。

「というわけで、すまんな。まだ教育実習生のきみを、夜中まで駆り出しちまって」

「いえ」

成美はかぶりを振った。

「いいんです。夜更かしは平気なほうですし」

「若さだなあ。おれなんかここ数年は、地上波放送の映画を最後まで観られたためしがないよ。十時を過ぎると、もうまぶたが落ちてくる」

「そんな。もう十一時過ぎてますけど、全然しゃんとしてるじゃないですか」

「無理してるのさ。ついさっきもユンケルを飲んだとこだしな。家で寝ていたいのはやまやまだが、学年主任としてはそうもできん」

言ってから、彼はふっと笑った。

「だが誤解しないでほしい。べつだん生徒を捕まえて、叱りたいわけじゃあないんだ。おれたちはただ、受験前にあの子らに怪我してほしくない――。それだけなんだ」

「……はい」

答えながら、なぜか成美は胸を衝《つ》かれた。

ああそうだ、と思った。

そうだ、この町の住人は、いまも昔もいい人ばかりなのだ。

おとなしくて、争いが嫌いな善人ぞろい。宇治中が廃校になって以後、私立志向になったのもそのせいだろう。この校区以外の残酷な世界にいきなり触れるより、受験というふるいを経た、一定の平穏をみな望んだのだ。

「いや待て、夜中に学校に忍び込む子どもたちは果たして善なのか？」そう揶揄《やゆ》されそうだが、いい子だからといって童心がないわけではない。

成美の知る限り、宇治小の生徒たちはそれなりに悪ふざけをした。いたずらもした。喧嘩《けんか》もあったと思う。しかし人を傷つけたり、いやがらせをしたり、わざと乱暴をはたらく子はひとりもいなかった。

——そう。だから、わたしは。

無意識に成美は右耳に手をやった。いつもの癖で、耳たぶをいじる。うまく聞こえないほうの耳であった。

そのとき、遠くでちいさな悲鳴が聞こえた。

子どもの声だ。

侵入者だろうか。塀もしくは木から落ちたのかもしれない。学年主任が、弾かれたように駆けだす。

成美もあとを追おうとした。しかしその前に、

「来るな。森本さんは来ないでいい！」と肩越しに制された。

「その場所を無人にしたくない。そこで引きつづき見張っていてくれ！」

しかたなく成美は、その場にとどまった。

あらためて周囲を見まわす。

いつの間にか、成美は西門の近くまで来ていた。西側の校舎はすべて木造である。手前に高低の鉄棒と、二列のタイヤ跳びが並んでいる。春になれば満開の薄紅を咲かせる桜並木も、いまは寒々しい裸の枝をさらしていた。

月も星もない、べったり墨を刷《は》いたような空が頭上に重苦しくのしかかる。

成美は懐中電灯で足もとを照らした。

ひどく静かだった。

学年主任はどこまで駆けていったのだろう。ほかの教師は、もうひとりの教育実習生はどこを見張っているのか。

——学年主任は、地蔵堂の方角へ走ったようだったけど。

自分も向かうべきなんだろうか？　成美は迷った。

いや、でも学年主任は「そこで引きつづき見張っていてくれ」と言った。ならば、動きまわるのはまずい。

だが問題は寒さだった。動いていればまだしもまぎれるが、じっと立っていると寒風が骨身に染みる。

しかたなく成美は、その場でうろうろと8の字を描いて歩きまわった。

学年主任の話が、自然と鼓膜によみがえる。成美自身が小学校時代に聞いた噂と混じりあって、頭の中で反響する。

——庵主が即身仏になったことも史実として残ってる。あの地蔵さまは、その庵主を祀ったもののようだな。

——筒穴に耳を寄せると経文を唱える声や、庵主の持つ銀鈴の音が聞こえてきたそうだ。

即身仏。生きながら土中に埋められ、狭い箱の中で死することで仏となる。成美には理解できない世界だった。

——鈴の音は約十日ほど聞こえていたらしい。

——だがそれもやがて絶え、庵主は望みどおりの仏さまになれたってわけだ。

だが、ほんとうにそうだろうか？　成美は思う。

ほんとうに庵主は、みずから望んだのだろうか。本気で心から志願して、その身を生きながら仏に変えたのだろうか。

わからない。わからないことだらけだ。

なぜそんな陰惨な史実が、「願いごとを叶える」だなんて伝説にすり変わったのか。そこまでして尼僧が信仰に尽くしたのに、なぜ寺院も庵室も現存しないのだろう。

肝心の即身仏はどうしたのか。なぜ土中から掘りだされることなく、庵主は地蔵としてこんな片隅に祀られることになったのか。

——そもそもなぜ、庵主が即身仏になる必要があった？

学年主任は「享保の頃」だと言った。享保といえば天明《てんめい》や天保《てんぽう》と並ぶ、大飢饉《だいききん》があった時代だ。

――いったいその頃、彼女の身になにがあったというのだろう。

はっと成美は足を止めた。

最初は風の音だろうか、と思った。

次に幻聴か、もしくは耳鳴りだろうと考えた。

成美のよくないほうの耳は、ときに頭痛をともなうほどの耳鳴りを引き起こす。今回もそれだろうと思いたかった。耳鳴りのごく微妙な高低差が、あり得ない幻聴を生みだすのだろうと。

しかし、違った。左耳がはっきりと音を拾うのがわかった。

高く澄んだ音だ。鈴の音色であった。

ごくかすかな音だった。風の音と重なっている。だが間違いなかった。どこかで誰かが、可憐《かれん》なちいさい鈴を振っている。

音に導かれるように、成美はそちらに顔を向けた。そして、目を見張った。

鉄棒の陰から、女の白い腕が覗いていた。

衣服はまとっていない。その証拠に、袖が見えない。

成美は片目をすがめ「いや――」と思った。

いや、袖だけじゃない。体がない。

あの細い鉄棒の支柱の陰から腕が伸びているならば、この角度からは頭部や胴体だって見えるはずだ。そうでなければおかしい。

——なのに、腕しか見えない。

奇妙になまめかしい曲線を描いて、片腕だけが夜闇に白く浮かびあがっている。

ふらり、と成美は腕に向かって歩きだした。

女の顔はわからない。だが、なぜか美しい女だとわかった。一歩進むごとに、鈴の音が近くなる。濃い白粉《おしろい》の香りが、ふっと鼻さきをかすめる。

——尼ではない。

成美は確信した。

そう、この女は遠い昔にここで死んだ。土中で息を引きとった。いまの成美にはそれがわかった。理屈でなく、肌で感じとれた。

彼女は尼僧ではなかった。だが庵室に住んでいた。いや住まわされていた。そして、けして望んで埋められたのではなかった。尼僧ではないのに、記録でだけは〝庵主〟とされた——。

そのとき、靴の爪さきが地面に引っかかった。

あやうく前へつんのめりかけ、成美はわれに返った。意識が急に浮上する。視界がくっきりとクリアになる。

成美はあたりを見まわした。

気づけば彼女は、地蔵堂の近くまで来ていた。

だがあたりに人影はない。静まりかえっている。おかしい、と成美は思った。

――おかしい。

だってさっき、学年主任は地蔵堂の方角に走っていったはずだ。

そして成美は、西門のあたりから鉄棒に向かって歩いた。ならばどれほどの時間が経ったとしても、成美は木造校舎の方向にいるはずなのに。

――わたしは、なぜここに？　どうして周囲に誰もいないの？

怪訝《けげん》に思って首をめぐらせたとき。

またも子どもの悲鳴がした。

だがさっきとは違う。ひどく近い。女の子の声だった。

成美は走った。

――地蔵堂。

約十年ぶりに見る祠が、眼前にあった。その前に、女の子がひとり倒れていた。

小六にしては大柄だ。厚手のニット帽とイヤーマフ。茄子紺《なすこん》のダッフルコートに包まれた体が、仰向けでがくがくと痙攣《けいれん》している。

「し……、しっかりして！」

成美は彼女を抱き起こし、叫んだ。

「大丈夫！　いま、ほかの先生を呼ぶからね！」

片手でスノージャケットのポケットを探り、スマートフォンを取りだす。震える手で画面をタップする。

しかし電話帳を呼びだす前に、女子生徒が首をもたげた。

「だ、駄目！　待って、じっとしてて！」

そう叫んだが、女子生徒は反応しない。成美に体重を預け、全身でもたれかかってくる。慌てて成美はスマートフォンを放りだし、彼女の体を支えた。

顔と顔とが近づく。頰に吐息がかかる。奇妙に甘い息だった。

女子生徒と目が合った。

その刹那、成美はぎくりとした。

生徒は笑っていた。笑いながら成美の首に腕を巻きつけ、よくないほうの右耳に低くささやいた。

「……るんだよ」

「え？」

左耳が、かろうじて半分ほどを聞きとる。だが意味まではわからなかった。生徒はそれだけ言うと激しく咳《せ》きこみ、成美の腕の中でぐったりと力を抜いた。

「ちょっと——大丈夫？　ねえ……」

いらえはなかった。生徒は失神していた。

成美は彼女を地面に横たえ、地面に落ちたスマートフォンを拾った。学年主任にかける。だが繋《つな》がらなかった。しかたなく、ショートメールを打った。「地蔵堂の前に女子生徒がひとり倒れています。至急来てください」と。

だが次の瞬間。

りり、とあえかな音がした。

鈴の音だ。成美は顔を上げた。

——地蔵堂が。

眼前の地蔵堂、いや祠の扉が閉まっていた。

この祠に扉なんてあったのか、と成美は驚いた。かろうじて屋根があるだけの祠であり、けして複雑な造りではなかったはずだ。だが現に目の前の祠は、固く扉を閉ざしていた。

——気配が。

気配がする。成美は思った。扉越しになにかを感じる。

一種官能的と言えるほど、なまなましい肉の重みをたたえた存在感だった。甘い香りが、またも鼻さきをくすぐる。白粉と椿油《つばきあぶら》の香りであった。

――女だ。

成美は確信した。この扉の向こうに、女がいる。

いまの成美にはそれがわかった。皮膚に、ひりひりと痛いほど女そのものを感じた。

なぜ女とわかるかといえば、それは――。

過去にも、出会っているからだ。

己の産毛が一気に逆立つのを、成美は感じた。頭皮から汗が噴きだす。

こんなにも寒いのに、額も背中も汗でしっとり濡《ぬ》れていた。冷えた、粘《ねば》い汗だった。

耳鳴りがひどい。

いつの間にか、成美の右手は硬いなにかを握っていた。それに気づき、掌をそっとひらく。成美は瞠目《どうもく》した。

彼女が握っていたのは石だった。なめらかで、湾曲して、どこか血を透かしたような、人肌の色みを帯びた石――。

成美は短く叫んだ。ひとりでに喉を衝いた叫びだった。

――思いだした。

思いだした。思いだした思いだした思いだした思いだした思いだした思いだした思いだした思いだした思いだした。

二十一歳の成美は心で叫んだ。

わたしは十年前も、ここに来た、と。

やはり真夜中だった。ひとりきりだった。

だが、ひとりで来たのではなかった。みんなとはぐれたのだ。気が付いたら、自分だけがここにいた。

――アドバイスしようにも、むずかしいよな。

――おれたち二人とも、いじめた経験もなけりゃ、いじめられた経験もないんだから。

耳の奥で誰かが言う。

これは誰の声だろう? 知っている気がするのに、思いあたらない。頭痛がする。激しい耳鳴りが、脳のひだを切り裂くようだ。

そう、成美は誰かをいじめたことも、いじめられたこともない。

だってクラスメイトは、いい子ばかりだったから。

おとなしくて、争いが嫌いで、善人ぞろい。それなりに悪ふざけはした。いたずらも喧嘩もした。しかし人を傷つけたり、いやがらせをしたり、わざと乱暴をはたらく子はひとりもいなかった。

――だからわたしは、クラスの〝幽霊〟だった。

誰も成美をいじめたり、仲間はずれにしたりなどしなかった。

問題はきっと、成美のほうにあった。だがどうしていいかわからなかった。どうしたら友達ができるのか、特別に親しい輪を作れるのか、あの頃の成美には見当も付かなかった。

――でも、あの日。

クラスの人気者が「今夜、地蔵堂に行こうよ」と言いだした。「みんなで合格祈願のためのお供えをしよう」と。

その「みんな」に自分が入っていないことを成美は知っていた。知っていたのに、なかば意地になって「わたしも行く」と言い張った。

むろん、いやな顔をする級友はひとりもいなかった。

なぜってみんな、いい子だったから。やさしかったから。そのやさしさはかえって残酷だと、気づかぬほどに誰もが幼かったから。

だからあの夜、成美は「友達の家でお泊まり会をする」と親に告げ、家を出た。娘に友達がすくないと知っていた親は、喜んで送りだしてくれた。

そうして学校前に集合し、みんなで塀を乗り越えて入ったはずだ。はずなのに――なぜか気づけば、成美だけがひとり、閉ざされた地蔵堂の前に立っていた。

――この石。

そうだ。あの夜もわたしは、この石を見た。

ああ、いや違う。そうじゃない。見たんじゃない。

わたしはこの石を盗んだのだ。

この地蔵堂の前に着いたとき、すでに女の気配はあった。不思議と、恐ろしくは感じなかった。女がそこにいて当然に思えた。そして堂の真ん前に供えられていた石を、成美は拾ってポケットに入れた。

——だって、見なおしてほしかった。

みんなに一目置いてもらいたかった。突拍子もないことをやるやつ、度胸があるやつだと思われ、人気者になることを夢見ていた。

自然にゆったりと人の輪に入るのではなく、いきなり歓待され、もてはやされる夢ばかり見るから親しくなれないのだと、あの頃の成美には理解できなかった。

だが翌日に登校してみると。

成美の泥棒はなにひとつ話題になっていなかった。

それどころか成美を除く全員が、お供えする前に教師に捕まってこっぴどく怒られたという。叱られたことすら、みんな楽しそうだった。クラス全体でのいい思い出ができた、と、その照れくさそうな笑顔が物語っていた。

そして成美は、やはりクラスの輪に入れぬままだった。彼らの横で、呆然《ぼうぜん》と立ちつくすことしかできなかった。

——あれは、夢だったの？

幼い成美はいぶかった。

地蔵堂の前まで行ったことも、女の気配をなまなましく感じたことも、いや、もしかしたらわたしが真夜中の校内に入ったことすら、全部夢？

しかしそうでない証拠に、成美のポケットには例の石があった。

結局、成美はクラスの注目を集めることはなく、石をわがものにしたとも言えずじまいだった。だが石だけは成美のそばにありつづけた。捨てようかとも思ったが、やはりなんとなく恐ろしく、手ばなせなかった。

異変は、その翌週にやって来た。

成美は廊下を歩いていた。確か理科室へつづく廊下だったと思う。緑色のリノリウムの床を、薄汚れた上履きで歩いていた。

りり、とかすかに鈴の音が聞こえた。

とくに成美は気にしなかった。誰かのキイホルダーでも鳴ったのだろうと思った。

しかし。

「……てるんだよ」

右耳のあたりで、そう声がした。

急いで成美は振りかえった。だが、誰もいなかった。

数メートル先で、下級生の集団が笑いさざめいているだけだ。あの子たちが声をかけてくるわけはない。それに、さっきの声は確かに近くで聞こえた。耳たぶにぬるい吐息さえ感じた。

――気のせいかな。

首をかしげながら、成美はふたたび歩きだした。

しかしその後も異変はつづいた。それどころか、日に日に声は大きくなった。やがて幻覚までともなうようになった。

あるときは授業中、黒板に向かっていた教師がくるりと振りかえった。彼は成美に指を突きつけ、言った。

「……れてるんだ」

またあるときは学級委員長が、休み時間に駆けてきて成美の右耳にささやいた。

「……れてるよ」

成美は恐れおののいた。

帰宅しても気は休まらなかった。なぜなら家に帰るなり、母親がにやにや笑いを顔に貼りつけ、身をのりだすようにして成美に言いはなつからだ。

「おまえ、……られてるんだよ」と。

その言葉はなぜか、成美の右耳だけに届いた。右耳はいつしか、はっきりとその言葉をとらえるようになっていた。

――……らわれてる。

みんな、おまえ、きらわれてるんだよ。

きらわれてるんだよ、おまえがきらいだ。おまえをきらってる。

わかれよ。はやく、いなくなっちまえ。きづけよ。

声は、暗い愉悦に濡れていた。湿った嘲笑をたっぷり含んでいた。悪意。嫌悪。揶揄《やゆ》。

真上から見くだすような蔑み。

それは成美がもっとも恐れていた言葉だった。いままで級友たちが、はっきりとは突きつけてこなかった言葉であった。

成美はずっと、心の奥底で自覚していた。

わたしは嫌われてる。避けられている。誰もわたしを必要としない。嫌われている。

鬱陶しがられている。

成美はいわゆる三文安《さんもんやす》の、お祖父ちゃん子だった。一人っ子で、従兄弟《いとこ》の中で唯一の女児で、親戚じゅうにちやほやされて育った。

大人たちの甘ったるい視線に囲まれてきた成美は、同年代の子どもたちとの接しかたを知らなかった。

——嫌われてるんだ。

声が聞こえる頻度は、日を追うごとに増した。

パターンはいつも同じだ。まず鈴の音が聞こえる。それから幻聴と幻覚がはじまる。みな、成美を一様に嘲笑《あざわら》っていた。担任の教師。クラスメイト。両親。通行人。コンビニの店員。

全員が悪意のこもったにやにや笑いで彼女を覗きこみ、振りかえり、ときには指をさして「おまえは嫌われているのだ」と通告してきた。

——嫌われてるんだよ。

防ぐすべはなかった。手で右耳をふさいでも、くだんの声は鼓膜に直接響いた。響いて、成美の脳にまで突き刺さった。

三箇月と経たぬうち、成美は眠れなくなった。

夢の中にまで、例の声が現れるようになったからだ。成美は眠れず、食欲は落ち、体重は二箇月半で六キロも落ちた。

両親は心配したが、成美は「大丈夫」と言い張った。

病院など行きたくなかった。なぜって、行けばきっと医者や看護師が揃って彼女を指さし、「嫌われてるんだよ」と嘲笑《わら》うに違いなかった。

祖父が死んだのは、翌月のことだ。

前ぶれのない唐突な死だった。

成美の住む家からほど近い一軒家に独居していた祖父は、入浴中に心臓麻痺《まひ》を起こしたのである。連絡がないことをいぶかしんだ父が実家を訪れ、浴室の床に倒れた祖父を発見した。

だが冬だったのがさいわいした。浴槽に浸《つ》かったままでなかったことも、幸運と言えた。

「そうでなかったら、死化粧くらいじゃどうにもならなかったろう。最後のお別れがしたくとも、お棺を開けられない見た目だったはずだ」

との親戚の言葉も、成美の耳はしっかりと聞きとった。

葬儀は、市内でもっとも老舗のセレモニーホールでおこなわれた。成美にとってはじめて体験する〝身内の葬儀〟であった。

「線香番をつとめないとな」

そう父が言った。

「成美、お父さんはお祖父ちゃんの長男だから、喪主だけじゃなく線香番もつとめなきゃならない。だからおまえも一緒に、お通夜の晩はホールにお泊まりしなきゃいけないよ」

「えっ」

成美はぎょっとした。

「ど、どうして？」

「そういうしきたりだからさ。お線香と蠟燭《ろうそく》の火が絶えないよう、一番近しい者が遺体のそばで一晩じゅう見張る役目があるんだ」

俗に〝夜伽《よとぎ》〟〝寝ずの番〟とも言われる風習だ。最近は省略する家も多いと聞く。しかし成美の生まれ育った町は田舎だった。日ごろは娘に甘い両親も、冠婚葬祭に関してだけは厳しかった。

とはいえ小学生の成美は「遺体と同じ部屋にいろ」とはさすがに言われなかった。母とともに、同階の別室で布団を敷いて寝ることになった。

そうしてその夜。

成美はやはり眠れずにいた。

祖父の死以来、幻聴と幻覚はその頻度を落としていた。しかし止《や》んだわけではなかった。日に二、三度は、成美は例の台詞《せりふ》と嘲笑に見まわれた。

——眠れない。

成美はむくりと身を起こした。

かたわらの母は軽いいびきをかいていた。母が起きあがって自分に指を突きつける幻覚を見ぬうちに、急いで成美は部屋を抜けだした。

壁の時計を見ると、まだ夜の十時半だった。

消灯は九時だったから、一時間半も布団の中で悶々《もんもん》とさせられたらしい。セレモニーホールの客用寝室にはテレビがなかった。タブレットや携帯型ゲーム機の持ち込みも、職員から「ご遠慮ください」と釘《くぎ》を刺されていた。

――お父さんから、携帯電話を借りよう。

そう思った。

成美は父の操縦法を心得ていた。世のたいていの男親は、愚図る子どものあしらいが下手だ。機嫌のよくない子どもを長時間見るのが苦手だ。ことに今夜の父はいろいろと多忙である。一人娘が「眠れない」とすねて甘えれば、

「しょうがないなあ。その代わり、うるさくするんじゃないぞ？」

と眉を下げて携帯電話を貸してくれるはずだった。

――そしたら女子トイレの個室にこもって、眠くなるまでテトリスでもしていればいい。

課金さえしなければ、父はゲームの履歴にとやかく言ったりしない。お祖父ちゃんのほうは見ないようにして、ぱっと行ってぱっと借りちゃおう。そう思った。

父がいる夜伽部屋は、エレベータを通りすぎてさらに奥にあった。

非常口のすぐ手前だ。薄暗い廊下に、人が走る記号の看板が白く浮かびあがっている。

成美は木製のドアをノックした。

「はい」

父の声が応える。

「お父さん？　わたし」

「おう、どうした？」

「寝れないの。入っていい？」言うが早いか、ドアノブを握って引く。

次の瞬間、成美は身をこわばらせた。

部屋には誰もいなかった。確かに父の声がしたのに。成美の呼びかけに応答したはずなのに。

しかし畳敷きのその部屋には、顔に白い布をかけて布団に横たわる、祖父らしき遺体があるきりだった。

「……お、お父さん？」

うなじの産毛がちりつくのがわかった。

背後で音もなくドアが閉まる。

その刹那、成美は鈴の音を聞いた。

最初は、りりり、とあえかな音だった。その音が次第に高まっていく。いつもはほんのかすかにしか聞こえない音が、やけに長く大きく尾を引く。鼓膜をつんざくほどに、尖《とが》って響く。

成美は動けなかった。

ドアに背を付けたまま、凍りついていた。

夜伽部屋は八畳ほどの広さで、布団が二組敷いてあった。一組には祖父の遺体が寝かされていた。もう一組は誰かが寝たらしき形跡はあれど、もぬけのからだった。

鈴の音はやまない。

それどころか、高くなる一方だ。割れ鐘のようだ。

いまや他の音はなにひとつ聞こえない。

鈴だけが支配する世界の中、成美はそれを見た。布団に横たえられた祖父が、ひどくゆっくりと上体を起こしていくのを見た。

顔の白布が落ちる。

祖父の顔は、奇妙に黄ばんで見えた。

筋肉が弛緩し、生前よりはるかにたるんで映った。

なのに死化粧のせいだろうか、額から頬にかけてが不自然につるりとして、そのアンバランスさが顔全体を異様なものにしていた。生きた人間にはけっして作り得ぬ、木の洞《うろ》のような無表情がそこにあった。

祖父の瞳は白く濁っていた。なにものも映してはいなかった。首が、ぐらぐらと頼りなく左右に揺れていた。

その右手が動く。緩慢に上がり、はっきりと成美を指さす。

「——おまえ」

乾いた唇がひらいた。しわがれた声を紡ぎだす。

祖父の背後で、蠟燭の火が消えているのを成美は視認した。やけに視界があざやかだった。祖父の乱れた白髪の一本一本までが、よく見えた。

祖父の唇が、にやりと歪《ゆが》む。


「——嫌われてるんだよ——」


成美は絶叫した。

そのあとのことは、よく覚えていない。

はっと気づいたときには、消えたはずの父親が、暴れる彼女の手足を取り押さえていた。父の肩越しに母が涙ぐんでいた。

彼らを遠巻きにした親戚連中は顔を引《ひ》き攣《つ》らせていた。そのまわりを職員がおろおろ歩きまわっていた。鈴の音は、とうに絶えていた。

そしてその日を境に、成美の右耳は聴力を失った。

同時に幻聴も止み、それにともなう幻覚も消えた。

耳鼻科の医師たちは「器質性障害ではなく、心因性のものだ」と学校宛ての診断書を書いた。両親も親戚も教師も、

「お祖父ちゃんの死が、よほどショックだったんだろう」

と解釈した。

実際、成美は祖父に溺愛されていた。誰も不自然に思う者はなかった。

不思議なことに、あの日を境にくだんの耳の石も消えた。

罪悪感で肌身離さず持っていた石であった。しかし通夜の夕方に見たのを最後に、成美のポケットから忽然《こつぜん》と消え失せてしまった。


そうしていま、成美は娘の部屋にいる。

娘の凜香の部屋で、なかば開いた抽斗を前に呆然と立ちすくんでいる。

——忘れていた。

まるきり失念していた。いまのいままで、大半の記憶を失っていた。

祖父の死は覚えている。夜伽の最中、気を失ったことも覚えている。あの夜以来片耳が聞こえなくなったことも、クラスの〝幽霊〟だったことも記憶にある。

——なのにこの石も、地蔵堂へ行った夜のことも完全に忘れていた。

教育実習生として宇治木小学校を訪れた、あの夜。

成美は倒れていた女子生徒の首を絞めた——らしい。

その事実も彼女の記憶からはすっぽりと抜け落ちている。まったく覚えていない。さいわい大事にいたる前に、学年主任が駆けつけてくれた。

騒動は内々で処理され、問題にはならなかった。女子生徒の親から訴えられることもなかった。とはいえ教育実習の評価は「不可」であった。

そして例の石は、またも煙のごとく消え失せてしまった。

大学卒業後、成美は県庁所在地に建つ自動車ディーラーに就職した。そこで夫と出会い、三年の交際を経て結婚した。

——この石は、確かに私から聴力の半分を奪った。

——教師になれたかもしれない未来を、奪った。

けれど悪いことばかりではなかった。

片耳が聞こえなくなってから、級友たちは積極的に成美に声をかけ、気遣ってくれるようになった。いい子ちゃん揃いのクラスメイトはようやく成美への接しかたがわかって、ほっとしたように見えた。

成美のほうも、徐々に人の輪に溶けこめるようになった。

歳を重ねるほどに生きやすくなった。当たり障りないかわしかたを覚え、型どおりの会話や、やり過ごしかたを学習した。

結婚して〝妻〟や〝母〟という役割を得てからはさらに楽だった。ときおりコミュニケーションに難があっても、成美の補聴器を見れば、たいていの人が合点して気をまわしてくれた。

——生きやすくなった、はずだったのに。

成美は唖然と石を見下ろした。

——この石が、なぜここに？

凜香の通う中学校は、宇治木小学校から五十キロは離れている。あの地蔵堂へ中学生の娘が行けたとは思えない。バスと電車を乗り継いでも、往復で三時間近くかかるはずだ。親にばれずに行ける距離ではない。

だが次の瞬間、「ああ」と成美は呻《うめ》いた。

思いだしたのだ。

そういえば凜香は先月、「みんなで部活の先輩のおうちに泊まる」と言って外泊した。成美自身が手土産を買って持たせたから確かだ。

そのときは疑いもしなかった。けれどブログによれば、凜香は二箇月前から無視されていた。誰かの家に招待されることなどあり得なかった。

——では凜香はあの夜、いったいどこに行っていたのか。

成美は石を握りしめた。

石はほんのりと温かかった。人肌のように温かく、官能的なほど滑らかだった。

いまにも、とくとくと脈打ちはじめるかのようだ。

触れているだけで気持ちよかった。小学生だったあの頃には、感じなかった快感であった。鼻さきに、ぷんと白粉が香った。

りり、ん。

鼓膜の奥で、鈴の音が鳴る。

りり、り、りりん。

その音さえ、なぜかいまはひどく心地よかった。しっくりと耳に馴染《なじ》んだ。

ふと、背後に人の気配がした。

成美は振りかえった。

部屋の戸口に、凜香がいた。

きっと早退したのだろう。顔いろが悪い。愕然《がくぜん》と目を見ひらいている。なぜここにいるのか、なぜ抽斗が開いているのかと、その眼差《まなざ》しが問うている。

凜香は制服を着ていた。いつもは袖ぐちに隠されている手首に、なぜか成美の目は吸い寄せられた。

市販の絆創膏《ばんそうこう》が、不自然なほど重ねて貼ってある手首。絆創膏を剝がせば、複数のためらい傷が現れるに違いない手首を。

己の唇がひとりでに吊りあがるのを、成美は感じた。

止められなかった。顔の筋肉が勝手に動く。嘲笑をかたちづくっていく。喉の奥から、くく、と笑いがこみあげる。

「おまえ……」

ああ、駄目だ。言ってはいけない。いま、凜香はクラスでいじめられている。傷ついているのだ。

やっぱりわたしは駄目だ。駄目なままだ。

凜香の手首。幾重にもべたべたと貼られた絆創膏。心の傷。体の傷。気づこうと思えば気づけたはずだ。人付き合いで、わたしはまた間違えた。

だからせめて、その言葉だけは発してはならない。

そうとわかっているのに。

——この鈴の音に、わたしは逆らえない。

「おまえ」

愛する娘を指さし、成美は顔を歪めて言った。

「……嫌われてるんだよ」

Ghost Stories in the School

旧校舎のキサコさん

織守きょうや

織守きょうや

おりがみ・きょうや

1980年ロンドン生まれ。2012年『霊感検定』で第14回講談社BOX新人賞Powersを受賞、翌年同作が刊行され、デビュー。15年『記憶屋』で第22回日本ホラー小説大賞読者賞を受賞。2021年『花束は毒』で第5回未来屋小説大賞を受賞。他の著書に『黒野葉月は鳥籠で眠らない』『響野怪談』『朝焼けにファンファーレ』『花村遠野の恋と故意』『辻宮朔の心裏と真理』『ただし、無音に限り』『幻視者の曇り空』などがある。

ルール１　女子トイレには一人で行くこと
ルール２　女子トイレでキサコさんの名前を呼ばないこと
ルール３　…………

廊下を近づいてくる足音が聞こえた。

薄暗い女子トイレの中、急いで一番奥の個室に隠れ、鍵をかける。

その直後、入り口のドアが開く音が聞こえた。

「え、誰かいる？」

この肝試しめいた遊びをやろうと言い出した、級友の声だ。

彼女は一つだけドアの閉まっている個室に気づいたらしい。

つかつかと近づいてきて、乱暴にドアを叩《たた》いた。

「もう、そういうのやめてよ。誰？」

怒っているような口調だが、その声には、隠しきれない不安が滲《にじ》んでいる。

個室の中で息をひそめ、返事をしないでいると、戸惑っている気配がドアごしに伝わってきた。

「ねえってば……」

自分を含めた周囲を振り回すことの多い彼女が、頼りなげな様子でいるのがおかしい。笑いそうになるのをこらえた。いつもの仕返しだ。これくらいは許されるだろう。

しいん、と女子トイレの中に沈黙が満ちる。

そろそろあきらめて出ていかないかな、と思い始めたころだった。

もう一度、コンコン、とドアがノックされた。

「――キサコ、さん？」

囁《ささや》くような声が、ノックの音に続く。

おずおずと、探るように。――何かに引き寄せられたかのように。

キサコさん、いらっしゃいますか。

そう呼びかける声が、聞こえた。

＊＊＊

瑞稀《みずき》の学校には、トイレの花子《はなこ》さんならぬ、旧校舎のキサコさんという怪談がある。——らしい。瑞稀自身は、入学して二年以上が経《た》った今日まで、聞いたこともなかった。

しかし、クラスメイトの岩崎凜音《いわさきりんね》曰《いわ》く、何十年も前から語り継がれている、由緒正しい怪談なのだそうだ。彼女自身は、卒業生の姉から聞いたらしい。

「放課後、三階の女子トイレの一番奥の個室をノックして、『キサコさん、いらっしゃいますか』って声をかけると、返事が聞こえるんだって」

凜音の姉が中学生だったころは、旧校舎はまだぎりぎり現役で、「旧」校舎とは呼ばれていなかった。彼女は実際に、当時の級友たちと、女子トイレで「キサコさん」に呼びかけたことがあるのだという。

「その個室の前に立つと、そのつもりがなかった人も、不思議と、キサコさんに呼びかけたくなっちゃうの。お姉ちゃんもそうだった。最初は信じてなかったけど、実際に、気がついたら名前を呼んでいたんだって……だから、これは本当の話」

凜音は芝居がかった調子で、姉から聞いたという話を語る。

放課後の教室には、凜音のグループの女子生徒たちしか残っていなかった。瑞稀と、凜音本人を含め、四人だけだ。この場での主役は間違いなく凜音で、全員がそれをわかっていた。

「でも、キサコさんに会いたかったら、一人で行くことが絶対条件。誰かと一緒だと返事はないの。キサコさんは人見知りだから」

お姉ちゃんは何人かで一緒に行ったから失敗したんだって、後で先輩に、一人で行かなきゃダメって教えてもらったんだって……と、彼女は話を締めくくる。

つまり、凜音の姉は「キサコさん」の返事を聞いていないのだ。噂《うわさ》を聞いて呼びかけてみたものの何も起きなかった、というだけの話だった。それをよく、怪談として語ろうと思うものだ。

呆《あき》れると同時に白けている瑞稀の横で、えー、こわーい、一人でとか絶対無理、と凜音の取り巻き二人、渡辺茉優《わたなべまゆ》と杉江那奈《すぎえなな》が声をあげる。サービスのいいことだ。凜音はこのグループの中心的存在で、皆彼女の機嫌をとることに慣れている。

くだらないと思いつつ、凜音がキサコさんの話を始めたので、それを無視して帰るわけにもいかず、こうして本を読みながらも席を立たずにいる自分も、二人と大して変わらない。

その話の、どこが怖いのか。呼ばれて返事をするだけなら無害じゃないか。むしろ、礼儀正しい。

そう思いながら、黙って文庫本のページをめくっていると、

「瑞稀、聞いてた？　怖くない？」

凜音の声が飛んでくる。

会話はすべて聞こえていたが、話を振られないようにと別の方向を向いて本を読んでいたのに、捕捉されてしまった。一瞬ちらっとそちらを見てしまったことに気づかれたのだろうか。

仕方なく顔をあげ、そちらを向くと、凜音を中心に、三人の女子生徒たちが瑞稀を見ていた。

「怖くは、ないかな」

同意しておけば簡単なのに、つい本音を言ってしまう。

「だって、呼ばれて返事をするだけでしょ。誰もいないはずの個室から声がするんだから、不可解だとは思うけど……呪われるとか殺されるとか、願いを聞いてくれるとか、続きがあるものだと思っていたから」

ちょっと拍子抜け、とはっきりは言わなかったのに、伝わってしまったらしい。凜音のきれいに整えられた眉が、一瞬、むっとしたように寄せられたが、

「怖くないんだ。よかった。じゃあ、瑞稀が行ってきてくれない？」

すぐに笑顔になって、凜音はそう言った。

「カメラ回して、動画、撮ってきて。私、一人で行くのはちょっと怖かったんだよね。でも、一人で行かなきゃキサコさんの声は聞こえないし、どうしようかと思ってたの。

助かる。瑞稀は怖くないんでしょ?」

「橋本《はしもと》さん」ではなく「瑞稀」と名前で呼ぶのは、グループの一員だというしるしだ。同じ小学校出身の茉優が、瑞稀を名前で呼んでいたから、凛音たちもそう呼ぶようになった。

茉優は、この新しいクラスで、瑞稀よりよほどうまくやっている。すっかり凛音の取り巻きのようになってしまったが、そのことにも、特に不満はなさそうだった。どこかのグループに所属して、その中心人物に嫌われないよう気をつけてさえいれば、いじめられる心配もないし、移動教室や課題のための班分けで一人ぼっちになることもない。彼女は早々に、そのことに気づいたようだった。そのためなら、リーダー格のご機嫌とりくらい、どうということはないのだろう。

瑞稀自身は一人が苦になるタイプではなかったので、積極的に誰かとつるもうとは思っていなかったし、どこにも所属しているという意識はなかったが、二年生になったばかりのころ、茉優と一緒にいたからか、なんとなく凛音のグループにカウントされるようになってしまった。入会退会の儀があるわけでもなく、わざわざ抜けますと宣言するのも妙な話で、つきあいやノリの悪さを理由に追い出されるということもなかったので、今も中途半端に、グループの端っこにいる。

グループとはいっても、学校にいるとき、休み時間によく話すとか、たまに放課後どこかに寄り道することがある程度で、休みの日に集まって何かするということはほとんどなかった。たまに休日に遊ぼうと誘われることがあっても瑞稀は断るし、そもそも誘われないことも多い。

つまり、当然のごとく、グループの中では若干浮いている。いじめられるようなことはないが、ときどきちょっといじられたり、使い走りのようなことをさせられたりはした。断ることもあるし、面倒なので従うこともある。それは自分に限らず、グループの他の子に回ってくることもあった。女子のグループは――とひとくくりにしていいものかはわからないが、少なくともこのグループは、そういうものらしい。

好ましいとは思わないが、我慢できないほどでもなかった。これも経験だ、と思っていた。

「怖くはないけど……面倒くさい」

反感を買うのも承知で正直に言う。しかし、それくらいのことは想定内だったのか、凜音はあきらめず「協力してよ、友達でしょ」と言いながら、瑞稀の机の上に両手をついた。

「定期的に動画をあげることが大事なんだから。最近ネタ切れ気味だったの」

ぐっと瑞稀に顔を近づけ、「ね、お願い」と笑顔になる。

「瑞稀は撮るだけでいいから。後で編集して、私の声でナレーションつけるから大丈夫。

なるべく映りこまないようにしてね」

何が大丈夫なのかわからない。瑞稀が行くとも言っていないうちから、凛音は動画撮影のポイントを説明し始めた。

どの学校で撮った映像かわからないように外観はぼかすとか、廊下はゆっくり進んで、角を曲がる前は一度止まってもったいぶるといいとか、訊《き》いてもいないのに教えてくれる。

行かない、という選択肢はなさそうだと察し、

「そんなの撮っても、ニーズはあるの？　女子トイレの幽霊なんてありがちだし、エピソード的にも画的《えてき》にも……ホラー系の動画としては、パンチがないような気がするけど」

半ばあきらめつつ、一応抵抗してみる。

凛音はすぐに、「平気よ」と反論した。

「ホラー系の動画でパンチのある画なんて、そうそうないから。何か起きそうな、じわじわくるのがいいの」

「でも、その何かっていうのが、返事が聞こえるってだけじゃ、いくらなんでも地味じゃない？」

「本物の怪異って、そういうものでしょ。他の動画だってそうよ。やらせ以外はね」

つんと顎をあげ、訳知り顔でつけ足す。

「それに、返事が聞こえるだけってこともないし。何年も前だけど、肝試しに行ったきりいなくなっちゃった子がいるんだから」

「何それ」

初耳だ。

返事をするだけの無害な霊の話ではなかったのか。

「いなくなったって？」

「キサコさんに連れていかれたってこと？」

茉優たちもそれは聞かされていなかったらしく、顔を見合わせて不安げにしている。

凜音は何故《なぜ》か得意げな表情で髪を後ろに払った。

「わからないけど、たぶんそうじゃない？　キサコさんを怒らせたとか……あ、それか、逆に気に入られちゃったのかも。キサコさんは友達をほしがってるって話だし」

でも、瑞稀はこういうの、信じてないもんね――そう続けて、文庫本を広げたままの瑞稀へと笑顔を向ける。

「信じてないなら関係ないでしょ？」

まあ、信じていない。

中学生にもなって、トイレに幽霊が出るなんて。それも、女子トイレで呼びかけると返事をするという、ベタにもほどがある設定の幽霊が。

非科学的だとか、そんなことあるわけがないとか、口に出せば角が立つと思ったから、はっきり「信じない」とは言わず、仮に旧校舎にキサコさんなるものがいるとしても、悪さをするわけではないなら怖がる必要はないのではないか――という言い方をしたつもりだった。しかし、内心馬鹿馬鹿しいと思っていたのを見抜かれていたようだ。

放課後にわざわざ旧校舎まで行くのは面倒だが、本格的に凜音の機嫌を損ねれば、それ以上に面倒なことになる。ここは従っておくことにした。

凜音の言うとおり、怖いという感覚は全くなかったが、怖がるふりだけでもしておけば、無理に押しつけられることはなかっただろう。もうちょっとうまく立ち回れるようにならなければ、と反省しながら、瑞稀は一人、旧校舎の廊下を歩いている。

＊＊＊

廊下の窓からは、夕日が射《さ》し込《こ》んでいる。窓枠の影が板張りの床に伸びていた。

その影を踏みながら、ゆっくりと進んだ。

スマホのカメラは、校舎に入ったときからずっと撮影モードになっている。ときどきカメラを左右や上下に振って、足元や周囲の様子も撮影した。動画投稿サイトにあげる動画を撮影するのは初めてで、勝手がわからなかったが、凛音がうまく使えるところを切り貼りしてくれるはずだ。

瑞稀が旧校舎での撮影を引き受けた後で、凛音はようやく、キサコさんの話のいわくを話してくれた。

何十年も前の話だ。旧校舎——当時はまだ現役の校舎として使われていたその校舎で、夜に肝試しをした女子のグループがいた。その中には怖がりの女子生徒がいて、彼女は参加を渋っていたが、半ば無理やり参加させられる形になったらしい。

一人ずつ、東側の入り口から校舎に入り、反対側にある西階段を使って二階まで上がり、今度は二階の廊下を渡って東の階段から三階へ上がる。要するに、わざわざ遠回りして、ジグザグに三階建ての校舎を歩きまわる。ゴールは三階の西側にある女子トイレで、肝試しの参加者はその手洗い場に、紙切れに名前を書いて作った名札を置いてくる。最後に行った一人が、全員分の名札を持って帰ってくる、というルールだった。

怖がりの女子生徒は、最後に校舎に入った。

肝試しを企画した友達が、彼女を怖がらせようと、近くの階段を使って先回りして、ゴールの三階女子トイレの個室に隠れていた。

最後の女子生徒が全員分の名札を回収したところで、友達は個室からぬっと手を出して彼女を脅かしたのだという。

驚いて逃げ出した女子生徒は、階段を駆け下りる途中で足を踏み外し、運悪く亡くなってしまった。もともと心臓が弱かったとか、打ちどころが悪かったとか言われているが、詳細はわからない。

亡くなった女子生徒は、霊になり、今も旧校舎の中をさまよっているという。

彼女が、「キサコさん」というわけだ。

よくある話だが、こうして背景となるストーリーをつけられると、少しだけリアリティが増す。

完全に「トイレの花子さん」の亜流だが、キサコというのはどこから来た名前なのかと思っていたら、単に亡くなった生徒の名前ということらしい。事故で亡くなった女子生徒が、実在するならの話だが。

「キサコさんを呼び出すにあたっては三つのルールがあるらしいんだけど、お姉ちゃんは二つしか知らなかった。教えてくれた先輩も、二つまでしか憶《おぼ》えてなかったんだって。もしかしたら、ルール3以降に、キサコさんが現れたとき、撃退する呪文とか、こうすれば逃げ切れるっていう裏技とかがあったのかもしれないけど」

瑞稀に動画の撮り方をレクチャーした後、凛音は「ルール」のことも教えてくれた。

ルールと言っても、改めて聞くまでもないようなことだ。聞いたときは拍子抜けしてしまったが、凛音が得意げに指を折りながら話すので水は差さないでおいた。

「ルール1は、必ず一人で行くこと。大人数だと、キサコさんが出てきてくれないからだと思う。キサコさんを呼び出したいなら、一人で行くのが大前提ね」

だから、残念ながら、私たちは一緒に行けないの——と言った凛音は、少しも残念そうではなかった。

瑞稀がちら、と取り巻きの二人に目をやると、那奈は目を逸《そ》らし、茉優は申し訳なさそうにこちらを見ていた。驚いたことに、凛音はともかく、彼女たちは結構本気で怖がっている様子だった。キサコさんを、というより、日が沈みかけた時間帯に、一人で旧校舎の中を歩くことに抵抗があるらしい。凛音の言うことに口を挟まず、できるだけ目も合わせないようにしているその態度から、自分たちにお鉢が回ってくることがないように、という気持ちが伝わってきた。

「ルール2は、個室の前でキサコさんの名前を呼びたくなっても、決して呼ばないこと——らしいけど、これは、キサコさんに連れていかれたくなければ、ってことよね。今回は呼ばなきゃ始まらないから、声、かけてみて。そこだけ、音声はそのまま使ってあげることも検討するから」

別に嬉《うれ》しくない、と瑞稀が答えるより早く、凛音はつけ足した。

「あ、もちろん、怖ければ、名前を呼ばないで帰ってきてもいいけど」

そう言われたら、わかった、行く、と答えるしかなかった。

ごめん、やっぱり怖いからやめる、と言えば、凜音も無理強いはしなかっただろう。それなのに、つい、意地を張ってしまった。

我ながら難儀な性格だ、とため息をつきながら瑞稀は廊下の端まで歩き、二階への階段を上り始める。

旧校舎には、東と西、両端にそれぞれ階段が設置されている。肝試しでは、いちいち遠回りをすることになっていたようだが、そこまで忠実に再現するように言われてはいない。三階の西の端の女子トイレが目的地だったので、入り口のすぐ近くにある階段ではなく、廊下を渡って奥にある階段を使い、一階から三階まで一気に上がることにした。そうすれば、階段を上がってすぐそばが女子トイレだ。

まだ夕暮れ時で、真っ暗というわけではないが、電気がつかないので、窓のない階段や踊り場は、かなり薄暗い。

一人きりで歩いていると、それなりに不気味だった。

しんとした校舎に、自分の足音だけが響く。

転落事故が原因でキサコさんの怪談が生まれたのだから、肝試しが行われたときには、特に幽霊が出るという噂はなかっただろうが、それでも、怖がりの中学生女子が一人でこの校舎を、しかも夜に歩くのは、それだけでも相当ハードルが高い。驚かされて、階段を踏み外すほど動揺したというのも頷《うなず》ける気がした。

自分だって、今突然驚かされたら飛び上がってしまいそうだ。

凜音は、動画をおもしろくするためならそういうこともやりかねないが、彼女たちが先回りをして旧校舎にひそむのは物理的に無理だろう。

二階と三階の間の踊り場を通りすぎ、ふと、女子生徒が亡くなったのはここだろうか、と思った。

三階の奥の女子トイレから逃げ出す途中だったのなら、事故が起きたのは、この西側の階段のどこかだったはずだ。凜音が、踊り場をしっかり撮った映像をほしがるかもしれないと思い当たる。下りるときに少し時間をかけて撮影しよう。忘れないようにしなくては。

階段の下に倒れていた彼女のまわりに、女子生徒たちの名前の書かれた紙が散らばっている。その中の一枚には、「キサコ」の名前――そこまで想像したところで、三階に到着した。

女子トイレの正面にある廊下の窓からは、校庭を挟んで新しい校舎が見えたが、凜音たちの姿は見えない。窓から手でも振ってくれればわかっただろうが、彼女たちは窓の近くにはいないようだった。今ごろ、瑞稀のことは忘れて別の話題で盛り上がっているかもしれない。

まあそんなもんだろうな、と小さく息を吐いた。

茉優とは、一年生のときまでは結構仲良くしていたので、淋《さび》しい気持ちもないわけではない。しかし、仕方がなかった。茉優もなんとか、学校生活の中で波風を立てず、うまくやるために必死なのだ。瑞稀がこうして、興味のない動画撮影役を受《う》け容《い》れたように。

女子トイレの前に立って、全体と、入り口の古びたドアを映す。「ここが、キサコさんの声が聞こえるという女子トイレです。それでは中に入ってみます」というような凛音のナレーションが入るはずだ。それを計算して、少し尺をとり、もったいをつけてドアを開けた。

どこかが錆《さ》びついているのか、ぎい、と軋《きし》む音がする。

ドアを開けてすぐ左手に、四角い手洗い場があった。肝試しのとき、名前を書いた紙を置いていたというのはここだろう。カメラを向けて、全体を撮っておく。

右側に個室が三つ、奥の個室の向かい側には用具入れがある。正面には換気用の小さな窓があった。磨《す》りガラスがはめこんであり、閉まっている。

かすかに、カビのような、錆《さび》のようなにおいがした。

廊下よりずっとひんやりしていた。

カメラを顔の高さに掲げて撮影しながら、奥へと進み、壁ぎわの個室の前に立つ。

建てつけのせいか、その個室のドアだけが閉まった状態だったが、もちろん、鍵はかかっていない。拳を作って軽くノックをすると、叩いたぶんだけ、ドアが浮くような感覚があった。

馬鹿馬鹿しいとは思いながらも、少しだけ緊張していた。

その気がなかった人間も、不思議と、キサコさんに呼びかけたくなる。凛音は、そう話していた。今のところその兆しはない。

しかし、やらないわけにはいかない。このために来たのだ。

二回のノックの後、口を開いた。

「……キサコさん、いらっしゃいますか」

当然、返事などなかった。

ドアをそっと押すと、入り口のそれよりは軽い、きいという音がして、ドアは個室の内側へと開く。

誰もいない個室の中に、和式の便器があるだけだった。タイルにはひびが入り、薄く埃《ほこり》が積もっている。

ほっと息を吐き、個室を詳しく撮るためにスマホを動かしたとき、

「何してるの？」

すぐ近くで声が聞こえた。

びくりと体が跳ねあがって、スマホを取り落としそうになる。なんとか体勢をととのえてそちらを見ると、髪の長い女子生徒が立っていた。

目尻が少しつりあがったアーモンド形の目で、鼻も口も小さい。全体的に猫のような雰囲気の少女だ。

紺色のジャンパースカートタイプの制服は、瑞稀の着ているのと同じものだが、知らない顔だった。

誰？　と訊く前に、スマホのカメラがオンになったままなのを思い出す。

「あ、しまった、映っちゃったかも。顔は撮ってないと思うけど」

「何？」

「動画撮ってたから」

カメラを切り、いったんスマホをスカートのポケットにしまった。驚いた余韻で、まだ心臓がどくどくと音をたてている。取り繕っても、あれだけ体が跳ねたら、見ていてもわかっただろう。顔が熱くなる。それをごまかすように早口になった。

「動画？」

「友達が動画配信してて、頼まれて……大丈夫、今止めたから。もし映ってても、カットしてもらう」

長い髪の少女は、両腕を体の後ろへ回し、小鳥のように首を傾ける。

「さっき、キサコさん、って呼んでたでしょ。幽霊に会いに来たの？」

改めて確認されると、かなり恥ずかしい。

さらに顔が熱くなったが、なんとも思っていない風に、「そんなとこ」と答える。

「別に、本気で信じてるわけじゃないけど。友達……クラスの子たちが、幽霊が出るって噂してて。私が怖がらなかったら、怖くないなら行ってきてって言われて、代表で来たっていうか」

ずっとここにいるのも何だから、外に出ない？　と瑞稀が促すと、彼女は素直についてきた。軋むドアを開けて、廊下へ出る。

瑞稀は廊下の窓枠にもたれてスマホを取り出した。

動画が変なところで切れてしまった。中途半端なままだと、凜音に文句を言われそうだ。驚いてスマホを落としかけたことを知られたら笑われるだろうと思うと、今から気が重い。後で、トイレの中から撮り直せば、編集でつなげて、どうにかなるだろうか。

長い髪の少女は、スマホの動画を確認している瑞稀を見て、首をかしげた。

「いじめられてるの？」

普通なら訊きにくいだろうことをはっきり言う。首の傾きに従って、癖のない髪がさらりと肩をすべり落ちた。

なんでよ、と瑞稀が軽く睨《にら》むと、

「こんなところに一人で来る子はだいたいいじめられっ子なのよ。教室での居場所を確保するために、本当は嫌だけど嫌とは言えない」

悪びれもせずそんなことを言う。

「一人でこんなところにいるのはお互い様でしょ。あんたこそ、いじめられてるわけ？」

「私がいじめられっ子に見える？」

見えない。見た感じは、どちらかというといじめる側だ。

瑞稀の返答を待たず、少女はまた肩にかかった髪を手で後ろへ払う。

「私は散歩していただけ。ここはまあ、庭みたいなものね。そしたら、あなたがトイレに入っていくのが見えたから声をかけたの」

「散歩？　旧校舎を？」

そうよ、と少女は胸を反らした。

「屋根と壁があるから天候に関係なく歩けるし、人と会う心配もほとんどない。わずらわしさがないでしょ。一人になりたくてここに来る人ってときどきいるから、私は特別少数派ってわけじゃないみたい。気持ちはわかるから、そういう人を見つけたときは、声はかけずになるべく放っておいてあげてるけど」

口調や態度がナチュラルにえらそうで、ちょっと凛音に似ている。

しかし、凜音のように、いつも誰かと一緒にいたいタイプではないようだ。それでいて、こうして声をかけてくるあたり、完全な個人主義者とも言えなそうで、その中途半端なところが自分にも少し似ているかもしれない。

そう思うと、目の前の少女が、なんだか憎めないような気がした。

「なんで私には声をかけたの？」

「ここのトイレは使えないって知らないのかなって思ったから、教えてあげようと思ったのよ」

「ああ……」

目的は別だったみたいだけど、と少女がつけ足す。

中学生にもなって、トイレで幽霊に呼びかけるなんて子どもっぽいことをしているところを目撃されていたのを思い出し、なんとなく気まずくなった。それに、よく考えれば——よく考えなくても、実際にここで亡くなった生徒がいるなら、不謹慎だ。

「私、そろそろ戻らないと。一応、友達を待たせてるし」

「いいじゃない。ちょっと心配させてやればいいのよ」

少女はそう言ったが、凜音たちが自分の心配なんてするとは思えない。待ちくたびれたら、先に帰ってしまっておしまいだろう。

瑞稀がそう口に出すより早く、

「……もしかして、あれ？　あなたの友達って」

少女が、瑞稀の肩越しに窓の外を見て言った。

え、と瑞稀が振り返ると、新校舎から出て正門へと歩いている女子生徒数人の姿が見える。距離があったが、顔の判別はついた。凛音たちだ。旧校舎のほうへと向かってくる気配はないから、瑞稀を置いて帰ろうとしているらしい。

心配させるの何のと、話しているそばからこれだ。

瑞稀のかわりのように、少女が口を開いた。

「薄情ね」

「ただ待ってるだけっていうのも暇だし、飽きちゃったんでしょ。ま、そうだろうなって感じ」

瑞稀が旧校舎に入ってから、まだ十五分くらいしか経っていないはずだ。いくらなんでも早い。最初から、自分を置いて帰ってしまうつもりだったのだろうと察しがついた。それも込みでの、ちょっとした意地悪、彼女たちにとっては、悪戯《いたずら》のようなものだ。

撮影を引き受けた時点で、それくらいのことは想定していたので、いちいちショックを受けるほどのことでもない。が、さすがに馬鹿馬鹿しく思えてきた。

凛音の一歩後ろを歩く茉優が、ふと顔をこちらへ向け、旧校舎を見上げるそぶりをみせたので、瑞稀は慌てて窓から離れる。

何故自分が隠れるような真似《まね》をしなければならないのかと思ったが、なんとなく、見られたくなかった。

目が合って、茉優が申し訳なさそうにしたなら、大げさなため息をついてみせ、「そんなことだろうと思ってた」とでもメッセージを送ってやればいい。凛音たちの悪ふざけに引っかかった瑞稀は呆れながらも、それほど気にしていない。そういう形になる。悪ふざけが成功して凛音は一応溜飲《りゆういん》を下げ、明日からはまたいつも通りだ。しかし、瑞稀が置いていかれたことに気づいたと知って、それでも凛音や茉優が少しも気にするそぶりもなく、笑っていたら――瑞稀は、うっかり傷ついてしまうかもしれなかった。傷ついたことに気づかれるのは絶対に嫌だ。

「じゃ、私も、もう帰るから」

「まだいいじゃない。誰も待っていないんでしょう」

容赦なく指摘されて苦笑した。遠慮のない物言いが、いっそ気持ちよく思えてくる。

「だから帰るの。真面目に動画を撮り直す気分でもなくなっちゃったし」

手に持ったままだったスマホの画面に、メッセージアプリのアイコンが表示された。新しいメッセージが届いたようだ。見ると、茉優からだった。グループチャットではなく、個人から個人へのメッセージだ。

『凛音たち、もう帰るって。用事があるみたい』

『瑞稀も戻ってきなよ』

本当はもう帰ったのに、これから帰る話をしているような書き方に、茉優の気遣いを感じる。教室へ戻ったところで、誰もいないわけだが。

さっき、窓辺で目が合いかけたときはどきりとしたが、茉優は気がつかなかったようだ。

瑞稀も、何も気づいていないふりをして返事を送った。

『そうする。動画、ちょっと失敗したけど、明日また撮り直すって凜音に言っておいて』

『校門のとこで待ってようか？』

『先帰っていいよ』

一緒になるのは、かえって気まずい。

茉優から『了解』のスタンプが届いたのを確認して、スマホをスカートのポケットにしまった。

空気の読めない発言をした罰ゲームはこれで終了だ。動画は撮り直すことになるだろうが、明日でいい。今日はもう、そんな気分じゃない。

「やっぱり、もう帰るね」

瑞稀が言うと、少女は「そう」と小さく頷いて、それ以上は引きとめなかった。

じゃ、と言って歩き出そうとした瑞稀に、

「私、放課後はだいたいこのあたりを散歩しているから、気が向いたらまた会いに来て」

少女が声をかけてくる。

「もしかして友達いないの？」

瑞稀は肩越しに振り向いて、さっきの意趣返しのつもりで、わざと意地の悪い口調で訊いた。

少女は気を悪くした風もなく、むしろおもしろがるような様子で、「実はそうなの」と応じる。

うまい返しが思い浮かばず、目が泳いだ。

ただ意地悪を言ったみたいになってしまった。少し迷って、

「……気が向いたらね」

とだけ返す。

階段を下りる前に振り返ると、少女は廊下に立ったまま瑞稀を見ていた。

彼女は軽く目を細め、唇の端を少しあげて、「またね」と言った。

＊＊＊

翌日の放課後、瑞稀が旧校舎へ行くと、髪の長いあの少女は、すでに女子トイレの前の廊下に立っていた。

窓枠に手をかけて外を眺めている風だったが、瑞稀を待っていたのは明らかだ。そこから窓の外を見ていたのなら、瑞稀が旧校舎に入ってくるところも見えたはずだった。

どうせ音声は差し替える予定なので、「ちょっと待ってて」と声をかけ、そのまま女子トイレのドアを開ける。彼女が映ってしまった部分については、凜音に編集でなんとかしてもらおう。「なんと先客に遭遇」とでもテロップを入れれば、むしろ視聴者へのフックになっていいかもしれない。

奥の個室をノックし、もったいぶってドアを開けて誰もいないことを確認してから、最後にもう一度、カメラをぐるりと回して女子トイレの中全体を映して撮影を終了する。

帰り道で、気の毒な女子生徒が転落したと思われる踊り場を上から撮れば、後は編集でどうとでもできる。撮れ高としてはこんなものだろう。とりあえず、役目は果たした。

木造の校舎は味があるが、廃墟《はいきょ》というほど寂れているわけではないし、夜ですらないから、大して不気味な画にはなっていない。何が起きるわけでもない、古い校舎を歩きまわって無人の女子トイレを覗《のぞ》くだけのこんな動画にニーズがあるとはやはり思えなかったが、それは瑞稀の知ったことではなかった。

女子トイレから出ると、少女は同じ場所に立っていた。

お待たせ、と言うのも変な気がして、スマホをポケットにしまいながら「終わった」とだけ言う。少女は鷹揚《おうよう》に頷いた。

今日は、誰も待っていない。凜音は歌だかダンスだかのレッスンがあるらしいし、茉優たちも、もう帰ってしまっただろう。ここへは、瑞稀が自主的に来たのだ。

昨日撮影した分は手ぶれがひどかったからもう一度撮ってくる、と瑞稀が申し出たら、凜音は「やる気ありすぎなんだけど」と笑っていた。中途半端が嫌なだけだと言っておいたが、凜音は機嫌をよくしたようだったから、もっけの幸いと思っておくことにする。

「私に会いに来てくれたの？」

少女が尋ねる。

そうだと言うのがなんとなく癪《しゃく》に障って、「動画を撮り直しに来たついで」と答えた。

本当は、昨日撮った分だけでも、編集でどうにかできるだろうと思っていたが、「またね」と言われたことが気になって、動画を撮り直すという名目で来てみたというのが正直なところだ。

少女は、それでも満足そうだった。

「友達がほしいなら、こんな人の来ないところで散歩なんてしてないで、教室とかで声かけてみればいいんじゃないの」

彼女の横に並び、窓枠に手をついて外を眺める。

「私、友達がほしいなんて言った?」

首をかしげてそう言われ、そういえば、と思い出した。

「……言ってないね」

彼女は、友達がいないと言っただけだ。ほしいとは言っていない。

瑞稀が認めると、少女はそうでしょうというように頷いた。

「キサコさんみたいに、友達がほしくて待ってるのかと思った。それなら効率悪いなって」

瑞稀の弁明に、少女は目を瞬かせる。

「キサコさんって、友達をほしがってるの?」

「私はそう聞いたけど。だから、名前を呼びに来てくれた子を友達にするために連れていくって、そういう怪談なんじゃないの?」

「そうなんだ」

それは初めて聞いた、と彼女は感心したような声をあげた。

「私が聞いた話は、トイレで呼びかけたら返事がある、ってだけだった。怪談としては地味っていうか、インパクトに欠けると思っていたの。連れていかれる、となるとちょっとそれっぽくなるね」

瑞稀も最初、その部分だけを凜音に聞かされて、全く怖くないと思ったのだった。

「色んなバージョンがあるのかもね。怪談とか都市伝説って、後から尾ひれがついていくものらしいし」

よりリアリティを持たせるために背景が作られたり、ディテールがつけ足されたりして、変化し、ある意味育っていくのだと、テレビかネットか、どこかで見た気がする。

少女は瑞稀の言葉に一応は頷きながらも、

「でも、それってちょっと不合理よね。そう思わない？」

そう言って、わずかに唇を尖《とが》らせた。

「だって、友達にするために連れていくって、つまり、とり殺すってことでしょう？　そんなことしたって、友達になんかなれないよね。むしろ恨まれそう」

もっともだ。思わず口元が緩んだ。

「確かに。自分をとり殺した相手とは友達になれないね」

子どもだましの怪談に論理や合理性を求めても仕方がないとはいえ、友達がほしくて相手をとり殺すというのは完全に悪手だ。自分を殺した相手に心を開くわけがない。友達になるどころか、間違いなく憎まれる。

名前を呼んだ生徒を連れていく、というエピソードが追加されたことで、急にキサコさんが悪霊めいた存在になってしまった。大方、怪談に怖さをプラスしようと考えた誰かの創作なのだろうが、もしキサコさんが本当に友達をほしがって旧校舎をさまよっているのなら、適当な噂を流されて迷惑しているに違いない。

「不合理といえば、キサコさんに関する三つのルールっていうのも、意味がわからないっていうか、作り込みが甘いっていうか、適当なんだよね。いかにもとってつけたような感じ。知ってる？」

瑞稀が言うと、少女は首を横に振った。

「一つ目のルールは、一人で行くこと。誰かと一緒じゃダメだって。二つ目は、個室の前に立つとキサコさんの名前を呼びたくなるけど、呼んではいけない。三つ目は不明」

「不明？」

「もともとあったのかどうかもわからないけどね。誰かが適当に言い出したんじゃないかな。見てはいけないとか振り向いてはいけないとかそういう、怪談っぽいルールがあったほうが盛り上がると思ったんじゃない？」

大人数で行くとキサコさんが出てきてくれないから一人で行け、なんて、わざわざルールにするまでもないような話だ。それに、ルール１はキサコさんと遭遇しやすくなるためのものなのに、続くルール２がその反対なのもおかしい。「大人数だと現れないから一人で行け」「でも名前を呼ぶと連れていかれるから呼ぶな」？　キサコさんと遭遇するためには名前を呼ぶ必要があるという話ではなかったのか。何のためのルールなのか、二つ合わせて考えると支離滅裂だった。

「キサコさんの怪談が、呼ぶと返事が聞こえるってことだけなら、『キサコさんの返事が聞きたいなら、一人で行って名前を呼びかけろ』っていうのはわかる。無害な遊びを楽しむために、『一人で行くこと』がルールになっているわけでしょ。でも、キサコさんを呼び出すと連れていかれてしまうなら、ルールは身を守るためにあるって考えるのが普通だよね。それなら、『キサコさんに連れていかれたくなければ、一人でトイレに入らないこと。名前を呼びかけないこと』ってなってるべきなのに、矛盾してる」

ありきたりな王道のトイレの怪談にオリジナリティを出そうとしたのだろうが、あまりにもいい加減だ。

「まあ、事故の話はともかく、幽霊云々《うんぬん》は作り話だろうから、そこに整合性なんか求めてもしょうがないか」

「そうね。事故についてだって、今伝わっている話の、どこからどこまでが本当かもわからないし」

噂話には尾ひれがつくものだ。特にこういう、都市伝説めいた怪談には。凶悪な殺人事件があったと噂の事故物件について調べてみたら、人死にがあった記録すらなかった、というような話も聞く。案外、キサコさんの怪談も、実際には、女子生徒が階段を踏み外してけがをした程度の話だったのかもしれない。誰かが女子トイレで怖い思いをして、それ自体は勘違いだったとしても、「そういえば、何年か前に女子生徒が階段から落ちる事故があった」と結びつけて語られるようになったとか——ありそうな話だ。だいたい、トイレで個室のドアをノックして名前を呼ぶと返事があるだの連れ去られるだの、エピソードがありきたりなうえ時代遅れだ。おそらく、学校の怪談が流行した時期に作られた話に、三つのルールなどのディテールが後づけされたのだろう。

「話自体はトイレの花子さんのアレンジだと思うけど、キサコってちょっと変わった名前だよね。創作にしては無駄に凝ってるっていうか……誰かが適当につけたにしてはどこから思いついたのかわからない名前だから、そういう名前の生徒がいたことはいたのかな。転落事故も本当にあった？」

「たぶんね。だとしても何十年も昔で、詳しいことはもうわからないだろうけど」

キサコという名前は、どういう字を書くのだろう、とふと思った。怪談にインパクトを足そうという方向性からいくと、鬼裂子とか、奇叫子とか、ひどい字があてられてしまいそうだが。

少女に知っているかと尋ねると、意外にも肯定された。

「確か、希望の希に、咲くっていう字で希咲子だったと思うけど」

期待して訊いたわけではなかったのだが、指で空中に文字を書いて教えてくれる。

漢字で希咲子、という文字を思い浮かべると、「旧校舎のキサコさん」が、作り話の幽霊ではなく、実在した生徒なのだという印象が強くなった。

「へえ、何か、きれいな名前だね」

そんな未来への希望に満ち溢《あふ》れた名前の女の子が、不幸な事故で、こんな場所で亡くなったのだとしたらやるせない。トイレで名前を呼ぶと返事をするなんて、ありふれた怪談にしてしまうことがよりいっそう不謹慎に思えてきた。希咲子という女子生徒が事故に遭ったのは本当でも、大したけがではなく、本人はこんな噂の元になっていることも知らずに元気にしているといいが。

瑞稀がぼんやりと、顔も知らない、何十年も前に存在したかもしれない希咲子に思いを馳《は》せていると、

「そう思う？」

少女が、窓枠から手を離してこちらを向く。

瑞稀が、希咲子をきれいな名前、と言ったことに反応したようだ。

「じゃあ――」

彼女が言いかけたとき、ポケットの中でスマホが震えた。

取り出して見ると、茉優からメッセージが届いている。

『旧校舎にいるの？』

瑞稀が凜音と話していたとき彼女も近くにいたから、動画を撮り直すと言ったのは聞いていたはずだ。

『うん』とだけ返事を送った。送ったメッセージはすぐに既読になったが、その後しばらく、返事は来ない。

特に用があるわけではないのか、とスマホをしまおうとしたら、ようやく次のメッセージが届いた。

『一人で平気？』

急に、おかしなことを言う。

キサコさんの怪談話を聞いたとき、怖い怖いと騒いでいたのは茉優たちで、瑞稀は最初から怖くないと言っていたのだし、瑞稀が一人で動画を撮りに行くことになったときも、茉優は何も言わなかったのに。今ごろ、罪の意識を感じているのだろうか。

瑞稀は何も、強がっていたわけではなく、一人で旧校舎に来ることなんて本当に何とも思っていなかった。

結局、また『うん』と短いメッセージを返す。

しばらく画面を見ていたが、それきり茉優から返事はなかった。

「ごめん、さっき何か言いかけてた？」

スマホをしまって少女に向き直る。

彼女は、ううん、と首を横に振った。長い髪がさらさらさらと揺れた。

「友達？」

「……まあ」

一瞬迷ってから肯定する。定義にもよるが、友達、と言っていいはずだ。向こうがどう思っているかはさておき。

瑞稀の反応を見て察したらしい、少女は「ああ」と訳知り顔で頷いた。

「旧校舎を撮ってこいって言ったいじめっ子ね？」

「撮ってこいって言ったのは別の子。っていうか、いじめられてないから」

「なるほど、取り巻きの一人ってわけね」

間違いではないが、それを肯定するのもためらわれて、返事はしないでおく。

仲が良かったこともあるんだけどね、と言いかけてやめた。それも虚《むな》しい気がする。

少女はしばらく黙って瑞稀を見ていたが、

「ねえ、キサコさんの怪談って、どんな話だって聞いてる？」

くるりと向きを変え、窓にもたれるような姿勢になって言った。

今さら？　と思ったが、瑞稀が答えを濁したのに気づいて、話題を換えてくれたのかもしれない。素直に応じることにした。

「どんなって?」

「ほら、友達がほしくて連れていくとか、私は聞いたことなかったから、色々バージョン違いがあるのかもって思って。女子トイレの奥の個室をノックしたら返事がある、ってとこまでは共通みたいだけど」

「私も、動画を撮ることになってからちょっと聞いただけだけど……」

凜音から聞いたことを改めて話した。

女子生徒数人が肝試しをすることになり、無理やり参加させられた怖がりな女子生徒を、友達が悪戯で驚かせた。驚かされた女子生徒は、逃げる途中、階段で足を滑らせて亡くなり、幽霊になった。死んだ女子生徒は今も旧校舎をさまよっていて、三階の女子トイレの一番奥の個室をノックして「キサコさん、いらっしゃいますか」と呼ぶと返事をする。一人ぼっちの彼女は友達をほしがっていて、自分の名前を呼んだ相手を連れていってしまう——。

瑞稀が話すのを、少女は黙って聞いている。その表情がなんとなく物言いたげに見えて、瑞稀は口をつぐんだ。

「知ってる話と、どこか違う?」

「うん、ちょっと」

窓を背にした彼女は、少し首を動かして何気ない様子で外を見て、何かに気づいたように体勢を変える。

　そのまま体ごと後ろを向き、窓の下に向かって指をさした。

「でも、その前に……あの子、知り合い？」

　指さす先を見ると、小柄な女子生徒が、校庭を突っ切って旧校舎へと歩いてくるのが見える。

「茉優だ」

　瑞稀が思わず呟《つぶや》くと、少女はすぐに察したようで、「もしかして、さっき言ってた子？」と言った。

　瑞稀はほとんど無意識に頷いた。何故茉優が旧校舎へ向かってくるのかわからない。凜音に何か言われたのだろうか。

　スマホを見たが、新しいメッセージは届いていなかった。

「いじめっ子のメッセンジャー役？　あんまり何でも言うこと聞いているとつけあがるから、どこかでびしっと言ったほうがいいんじゃない？」

「いじめられてないってば」

　瑞稀のとなりで、興味津々といった風に窓の下を見下ろし、少女が無責任なことを言う。

　茉優は窓を見上げなかったので、こちらには気づかないまま校舎に入ったようだ。

「あの子が来たら、驚かせてやらない？　仲間内で一番下、みたいに見られてるのって腹が立つでしょ」

「驚かすって……」

「個室に隠れてびっくりさせるの」

「わって大声出して飛び出すの？　キャラじゃないんだけど」

「そこまでしなくても、誰もいないと思ってた場所で声が聞こえたら驚くでしょ。それくらいでいいんじゃない？」

「ね？」と笑って彼女は跳ねるような足取りでトイレの前へと移動する。楽しそうだ。他人事《ひとごと》だと思っておもしろがっている。

瑞稀がうんざりして「あのね」と口を開きかけると、

「ああ、そうそう。さっきの話ね」

わざととしか思えないタイミングで遮った。

さっきというのがいつかわからず、瑞稀は眉根を寄せる。

「知っている話と、違うところがあるって言ったでしょ。あのね、死んじゃった怖がりの女の子の名前は、キサコじゃないんだって」

伝わっていくうちに、どこかでまざっちゃったのね、と続けた。

「キサコは、その子を驚かせた女の子のほう」

「え？」

そのとき、階段を上る足音が聞こえてきた。茉優だ。

ぱっと少女の手が、瑞稀の左手首をつかんだ。

「隠れよう。こっち」

「えっ」

そのまま引っ張られ、トイレの中、さらに一番奥の個室の中へと連れ込まれる。ぎい、とトイレのドアが軋みながら閉まる音、続いて個室の鍵をかける音が聞こえた。

「ちょっと……！」

「しっ。ちょっと驚かせるだけよ。タイミングは自分で考えて」

廊下のほうから、かすかに瑞稀を呼ぶ声がする。茉優が三階へ上がってきたようだ。

閉まったばかりのトイレのドアが遠慮がちに開く音がして、思わず瑞稀も息をひそめた。

「瑞稀？　どこ？」

はっきりと茉優の声が聞こえた。

「いないの？」

奥の個室のドアだけが閉まっていることにはすぐに気づくはずだ。

入り口のドアがまた、軋んで閉まる。茉優がドアから離れて、こちらへ近づいてくる足音がする。

やがて、ドアの隙間から影が差し、茉優が個室の前に立ったのがわかった。

「瑞稀？」

コンコン、と二回ノックされる。

ドアに鍵がかかっているのがわかって、茉優が戸惑っているのがドアごしにも伝わってきた。

どうしよう。

すぐに返事をしなかったせいで、今さら出ていきにくい。

狭い空間で、迷いながら横を見ると、悪戯っぽく笑う少女と目が合った。彼女は唇の前に人差し指を立て、「しー」と、声に出さずに口だけを動かした。

「ねえ、怒ってる？　……私、その、一人で行かせて悪かったって思って」

茉優は言いにくそうに口ごもる。

それで、瑞稀にも、彼女が何故ここへ来たのかがわかった。

ただ、心配して、自分を探しに来たのだ。凛音に言われたからではなく、彼女自身の考えで。

瑞稀は旧校舎なんて少しも怖くないが、茉優は怖がっていた。自分が怖いと思う場所に瑞稀を一人で行かせたことを、悪いと思ったのだろう。

それで来たのだ、旧校舎まで。怖いのに。

急に、一年生のころ、教室で一緒に昼食を食べたときのことを思い出した。あのころはよくお互いの目を見て話していた。

最近は目が合わなくなったと思っていたが、思い出してみれば、茉優は今でも、ちらちらとこちらを見ていることがよくあった。気遣うように、どこか申し訳なさそうに。

それがなんだかうっとうしくて、目を合わせないようにしていたのは自分のほうだったと、そのとき気がついた。

「ねえ、……ほんとにいないの？」

茉優の声に、不安が滲み始める。

いるよ、と口を開きかけた瑞稀の手を、少女がつかんで止めた。その力の思いがけない強さに、声は喉から出る前に詰まって消える。

そのまま出ていくかと思った茉優は、まだ個室の前にいる。

それから、ためらいがちに——というのは瑞稀の想像だったが——小さく、また二回ノックをした。

「……キサコさん」

茉優が呼びかける声が聞こえて、ドキッとする。

「キサコさん、いらっしゃいますか？」

探るような、そっと囁くような声で、さらに呼びかけた。

自分とは違って、凜音の語る怪談を信じている様子だった茉優が。いや、信じているからこそなのか？

混乱する頭の片隅で、瑞稀は、二つ目のルールと、凜音の話を思い出す。

決してキサコさんの名前を呼んではいけない。

でも、個室の前に立つと、キサコさんを呼びたくなる。その気がなくても、名前を呼んでしまう――。

まさか。茉優がふざけているだけだ。頭を振って、馬鹿げた考えを振り払った。瑞稀もこの個室の前に立ったが、キサコさんを呼びたくなったりはしなかった。

いや、それは、瑞稀が、最初から呼びかけるつもりで来たからか？　それとも――それとも、瑞稀は一人で来たからか。瑞稀がここにいるから、茉優は、誰かと一緒ではいけないという一つ目のルールを破ってしまったことになるのか。だからキサコさんの影響を受けて、名前を呼びたくなってしまった？

そんな馬鹿なと思うのに、笑えなかった。

傍らの少女のほうを見ると、笑みを含んだ彼女の目と、視線が合った。

どうする？　と言っているようだった。

声を出さずに、彼女の口だけが動く。

「は」「あ」「い」。

返事をして、茉優を驚かせろと言っているのがわかった。

ありがちな悪ふざけだ。茉優たちだって自分を一人で旧校舎へ行かせたのだから、これくらいは許されるだろう。お互い様だ。

でも、茉優は、瑞稀が何とも思わなかったキサコさんの怪談を怖がっていた。

キサコさんが幽霊になるきっかけになった肝試しのときだって、驚かせる側は、どういうことはないと思って驚かせたのではないか。

茉優の声は、ふざけているようには聞こえなかった。

わざわざルールを破ってみせたのにノリが悪いと、後で怒られるかもしれないが、もしも冗談じゃなかったら。

瑞稀はきゅっと唇を結んだ。

少女が、なあんだ、というように首を傾け、つまらなそうな表情になった。

「……いるわけないか」

ドアの向こうで、どこか残念そうに、それ以上にほっとするように、茉優が呟くのが聞こえる。

瑞稀は急いで手を伸ばし、個室の鍵を開けた。

「ここ！　ごめん、今出る！」

「わ、びっくりしたあ」

個室の前から離れようとしていた茉優が、振り向いたところだった。

鍵を開ける音が先にしたから、飛びあがるほどに驚かせてしまってはいないはずだ。

「もーびっくりさせないでよ」

茉優は口を尖らせてはいるが、ほっとした様子でいる。

その顔が、一年生のころと変わらなかった。いつのまにか瑞稀も、当時と同じ気持ちになって笑っていた。

「ごめんごめん。実はね、ここでこの子と会って……」

個室の中の少女を紹介しようと振り返る。

そこには、誰もいなかった。


あーあ、とつまらなそうな声が聞こえた気がした。

＊＊＊

ほんのちょっと、脅かしてやろうと思ったのだ。

女子トイレに出るという、「キサコさん」の噂は知っていた。

普段から噂話には混ざらなかったから、級友たちが楽しそうに話しているのを、端っこの席で聞いていただけだけれど、知ってはいた。

噂を真に受けたわけではないが、たまたま帰りが遅くなり、一人でトイレに入る機会があったときに、ふざけて「キサコさん」と呼びかけてみたことがある。思ったとおり、返事はなかった。こんな噂を信じている生徒がいるなんて、と思うと滑稽だった。

同じクラスの生徒たちは皆、子どもっぽく見えていた。

その日の放課後、肝試しのようなことをするという話は聞いていたが、誘われてはいなかった。誘われても断っていただろうから、かまわない。

放課後、図書室で本を読んでいて、気がついたら下校時刻を過ぎていた。三階の教室に置いたままだった荷物を取りに行くついでに、トイレへ寄った。

教室を覗いたときはもう皆帰った後だったし、廊下でも誰にも会わなかったのに、用を済ませて手を洗っているとき、足音が聞こえてきた。

一瞬警戒したが、すぐに、クラスの女子生徒たちが、肝試しでこのトイレを使うと言っていたことを思い出す。肝試しというのだから、夜だろう、と思っていたのだが、まだ日も沈み切らないこんな時間から始めたらしい。

面倒だな、と思った。

自分が今出ていけば、鉢合わせをすることになり、一人ずつトイレに入って戻るというルールの彼女たちの肝試しを一人目からぶち壊すことになる。それはそれでかまわなかったが、後で恨みごとを言われてもつまらない。

とっさに——足音がトイレに到達する前に、奥の個室へ飛び込んでいた。

そっと鍵を閉め、中に閉じこもる。

トイレの入り口が開く音がしたのが、ほぼ同時だった。

鍵がかかっているのだから、誰かがそこにいるのはわかるだろうが、こちらから鍵を開けないかぎり、それが自分だと知られることはない。肝試しは一人ずつ行うものだ。一人目の参加者が仲間を呼びに戻ったら、その間にトイレを出て、教室の荷物をとって逃げればいい。

肝試しにはけちがつくだろうが、邪魔をしたのが自分だと知られなければそれでいい。

「え、誰かいる?」

トイレに入ってきた誰かは、すぐに一つだけ閉まったドアに気づいたようで、戸惑うような声をあげた。

その声でわかる。やはり同じクラスの生徒だ。それも、普段グループの中心にいる、気の強い女子生徒だった。彼女が一番手とは意外だ。くじか何かで公平に決めたのだろう。

わざとらしく足音をたてて近づいてきて、個室のドアを強めにノックする。

「もう、そういうのやめてよ」

苛立《いらだ》った声で、「誰？」と続けた。

そのまま息をひそめていると、声に不安が滲んだ。

「ねえってば……」

怖がっている。それがわかって、気分がよくなった。彼女のことは好きではなかった。

えらそうで、うるさくて、品がないと思っていた。それが、子どもだましの怪談に怯《おび》えているのが愉快だった。皆の前では平気なふりをして、肝試しをしようと言い出したのも彼女のようだったのに、いざ一人で現場に来ると怖くなってきたのだ。ああ、だから、まだ日が落ち切らないうちから始めたのか。そう思うと、自然と口元が緩んだ。

その後しばらくの間、ドアを挟んで、二人して沈黙する。

いい加減、あきらめて出ていくなり、仲間を呼びに行くなりすればいいのに、まだねばるつもりか。

まさか、個室の中に本当に幽霊がいると思っているわけではないだろうに。

そう思ったとき、そっと、探るような控えめなノックの音が聞こえた。

「──キサコ、さん？」

ドアのすぐ近くで、囁くような声。

へえ、ちゃんと実行するんだ、と感心する。

しかし、意外にも、恐怖を押さえこんで、という感じでもなかった。

最初はためらいがちに。その後は、はっきりと――まるで何かに誘われるかのように、

「キサコさん、いらっしゃいますか」

声が聞こえる。

思いがけず真剣な声に、また笑いがこみあげてきた。

そして、思いつく。子どもっぽい悪戯だが、普段の意趣返しだ。少し驚かせてやればいい。

自分の声だと気づかれたとしても、どうということはない。

個室の中で、声をもらさないよう自分の口を押さえていた手を離し、

「はあい」

そう、一言、返事をした。

その後のことは、憶えていない。

ただ、気がついたら、女子トイレの前に一人で立っていた。

最初は混乱していたが、不思議なほどすぐに落ち着いた。人でなくなったからだろうか。考え方まで、どこか変わってしまったのだろうか。

いつのまにか、自分がキサコであることを理解し、受け容れていた。

自分がキサコになったのと同時に、前にキサコだった幽霊は消えてしまったようだ。しかし、キサコになったことの影響か、少しだけその記憶は引き継がれたし、長くさまよううちに、色々なことがわかってきた。

校舎の中を自由に歩きまわれるけれど、姿を見せることができるのは、女子トイレで「キサコさん」と名前を呼んだ人の前だけだ。

誰かと話がしたければ、噂を聞いた誰かが、女子トイレへ来て名前を呼ぶまで待たなければならない。

誰かがその場に居合わせて、キサコへの呼びかけに「はい」と返事をしてくれたら、その誰かと入れ替わりに、自分は解放されるようだ。

しかし、なかなか、その機会は訪れなかった。名前を呼べと強く念じて、入ってきた生徒に「キサコさん」と呼ばせることには何度か成功したが、返事をする生徒はいなかった。自分の力では、人間に、それを強制することはできないようだった。

生前は知らなかったが、キサコさんから身を守るためのルールなどというものまで存在し、一部の生徒たちの間で語り継がれていた。

三階の女子トイレには、一人で行かなければならない。誰かと一緒だと、個室の前に立った一人は、キサコさんの名前を呼びたくなってしまう。一緒にトイレに入った誰かがふざけてそれに返事をしたら、返事をした生徒は消えてしまう。だから、キサコさんの女子トイレには誰かと一緒に入ってはいけないし、名前を呼びたくなっても呼んではいけない。そして、その場に居合わせた誰かは、決して返事をしてはいけない。キサコさんと呼ばれて返事をしたら、次のキサコさんにされてしまうから――。

おそらく、過去の何代目かのキサコが取り逃がした生徒の一人が、そういう話を伝えたのだろう。その生徒には霊感か何かがあったのかもしれない。その代のキサコの失敗だ。彼女は、キサコさんのルールを、生きている生徒に知られてしまったのだ。

ルール1　女子トイレには一人で行くこと。

ルール2　女子トイレでキサコさんの名前を呼ばないこと。

ルール3　女子トイレでキサコさんと呼ばれても、それに返事をしないこと。

幸い、やっかいなルールはさほど広くは伝わらなかったようだが、それは、キサコさんの怪談自体についても同じことだった。女子トイレでキサコさんの名前を呼ぶ生徒は、どんどん減っていった。

時間が流れ、時代が変わり、建物は古くなった。

校庭の反対側に新しい校舎が建ち、自分の縛られている建物が「旧校舎」と呼ばれ始めたときにはさすがに焦った。この校舎の中に入ってきてくれれば、生きている人間にも多少影響を及ぼすことができるのだが、建物が使われなくなっては、人の出入りはほとんどなくなる。

もう、自分はキサコのまま永遠にここにとらわれるしかないのか、とあきらめかけていたとき、久しぶりに、旧校舎に入ってくる女子生徒を見つけた。

彼女が迷いのない足取りで三階に上がって、使用できなくなっている女子トイレに入るのを見て、喜びがわきあがる。

どんな子だろう。少し話をしてみたい。人と話すのも久しぶりだ。

「キサコ」の名前を押しつけるのだから、罪悪感を感じなくてすむように、できるだけ感じが悪くて、嫌な子がいい。けれど、そうでなくても仕方ない。

理不尽なのはわかっているが、怪異とは、そういうものなのだ。

「あーあ。ダメだったか」

いいところまで行ったのだが、結局、瑞稀という名前の女子生徒は、友達からの呼びかけに返事をすることなくドアを開けてしまった。

あとちょっとだったのにな、と呟き、校舎の窓から、並んで歩いていく二人を見下ろしてため息をつく。

次に、噂を聞いた生徒が女子トイレを訪れるのはいつになるだろうか。

この校舎がなくなるのが先か、次の生徒が来るのが先か、微妙なところだ。望みは薄そうだった。

瑞稀も、もう、ここへは来ないだろう。

この校舎がなくなれば、自分は解放されるのだろうか。校舎と一緒に消えてしまうのも、それならそれでいいような気もした。

一人でいることには慣れていたが、いい加減、もう飽きた。

じっと見つめていた視線に気づいたわけでもないだろうが、校庭を歩いていた瑞稀がこちらを振り返る。

見上げてくる目と、視線が合った気がした。もちろん気のせいだ。瑞稀に自分は見えていないはずだった。

かたわらの茉優に何か言われ、瑞稀はすぐにまた前を向いてしまう。それきり振り向かなかった。

やがて、二人の背中は見えなくなる。

最後までそれを見送り、もう一度、あーあ、と息を吐いた。

「つまんないの」

呟いた声は、しんとした校舎に吸い込まれて消えた。

本文デザイン／関　静香（ｗｏｏｄｙ）
本文イラスト／しろやぎ秋吾
本書は「ｗｅｂ集英社文庫」二〇二二年四月に配信された作品を
加筆・修正して編んだオリジナル文庫です。

集英社文庫　目録（日本文学）

森村誠一　悪しき星座
森村誠一　黒い神《み》座《くら》
森村誠一　ガラスの恋人
森村誠一　社《しゃ》奴《ど》
森村誠一　勇者の証明
森村誠一　復讐の花期　君に白い羽根を返せ
森村誠一　凍土の狩人
森村誠一　悪の戴冠式
森村誠一　社賊
森村誠一　誘鬼燈
森村誠一　死《し》媒《ばい》蝶《ちょう》
森村誠一　花の骸《むくろ》
森本浩平・編　沖縄。人、海、多面体のストーリー
諸田玲子　月を吐く
諸田玲子　髭麻呂　王朝捕物控え
諸田玲子　恋縫
諸田玲子　おんな泉岳寺
諸田玲子　狸穴《まみあな》あいあい坂
諸田玲子　炎天の雪(上)(下)
諸田玲子　恋かたみ　狸穴あいあい坂
諸田玲子　四十八人目の忠臣
諸田玲子　心がわり　狸穴あいあい坂
諸田玲子　今ひとたびの、和泉式部
諸田玲子　尼子姫十勇士
八木圭一　手がかりは一皿の中に
八木圭一　手がかりは一皿の中に　ご当地グルメの誘惑
八木圭一　手がかりは一皿の中に　FINAL
八木澤高明　青線　売春の記憶を刻む旅
八木澤高明　日本殺人巡礼
八木原一恵・編訳　封神演義　前編
八木原一恵・編訳　封神演義　後編
矢口敦子　祈りの朝
矢口敦子　最後の手紙
矢口敦子　海より深く
矢口敦子　炎より熱く
矢口史靖　小説　ロボジー
薬丸岳　友罪
八坂裕子　幸運の99％は話し方できまる！
八坂裕子　言い返す力　夫・姑・あの人に
安田依央　たぶらかし
安田依央　終活ファッションショー
安田依央　ひと喰い介護
柳広司　百万のマルコ
柳澤桂子　愛をこめ　いのち見つめて
柳澤桂子　生命《いのち》の不思議
柳澤桂子　ヒトゲノムとあなた
柳澤桂子　すべてのいのちが愛《いと》おしい　生命科学者から孫へのメッセージ
柳澤桂子　永遠のなかに生きる

集英社文庫　目録（日本文学）

唯川恵　シフォンの風
唯川恵　キスよりもせつなく
唯川恵　ロンリー・コンプレックス
唯川恵　彼の隣りの席
唯川恵　ただそれだけの片想い
唯川恵　孤独で優しい夜
唯川恵　恋人はいつも不在
唯川恵　あなたへの日々
唯川恵　シングル・ブルー
唯川恵　愛しても届かない
唯川恵　イブの憂鬱
唯川恵　めまい
唯川恵　病む月
唯川恵　明日はじめる恋のために
唯川恵　海色の午後
唯川恵　肩ごしの恋人

唯川恵　ベター・ハーフ
唯川恵　今夜 誰のとなりで眠る
唯川恵　愛には少し足りない
唯川恵　彼女の嫌いな彼女
唯川恵　愛に似たもの
唯川恵　瑠璃でもなく、玻璃でもなく
唯川恵　今夜は心だけ抱いて
唯川恵　天に堕ちる
唯川恵　手のひらの砂漠
唯川恵　雨心中
湯川豊　須賀敦子を読む
行成薫　名も無き世界のエンドロール
行成薫　本日のメニューは。
行成薫　僕らだって扉くらい開けられる
雪舟えま　バージンパンケーキ国分寺
雪舟えま　緑と楯ハイスクール・デイズ

柚月裕子　慈雨
夢枕獏　神々の山嶺《いただき》(上)(下)
夢枕獏　黒塚 KUROZUKA
夢枕獏　ものいふ髑髏《どくろ》
夢枕獏　秘伝「書く」技術
養老静江　ひとりでは生きられない ある女医の95年
横幕智裕　周良貨／能田茂・原作　監査役 野崎修平
横森理香　凍った蜜の月
横森理香　30歳からハッピーに生きるコツ
横山秀夫　第三の時効
吉川トリコ　しゃぼん
吉川トリコ　夢見るころはすぎない
吉川永青　闘鬼 斎藤一
吉木伸子　スーパースキンケア術 あなたの肌はまだまだキレイになる
吉沢久子　老いをたのしんで生きる方法
吉沢久子　老いのさわやかひとり暮らし

集英社文庫　目録（日本文学）

集英社文庫　目録（日本文学）

わかぎゑふ　ばかちらし
わかぎゑふ　大阪の神々
わかぎゑふ　花咲くばか娘
わかぎゑふ　大阪弁の秘密
わかぎゑふ　大阪人の掟
わかぎゑふ　大阪人、地球に迷う
わかぎゑふ　正しい大阪人の作り方
若桑みどり　クアトロ・ラガッツィ　天正少年使節と世界帝国(上)(下)
若竹七海　サンタクロースのせいにしよう
若竹七海　スクランブル
和久峻三　夢の浮橋殺人事件　あんみつ検事の捜査ファイル
和久峻三　女検事の涙は乾く　あんみつ検事の捜査ファイル
和田秀樹　痛快！心理学　入門編　—なぜ僕らの心は壊れてしまうのか
和田秀樹　痛快！心理学　実践編　—どうしたら私たちはハッピーになれるのか
渡辺淳一　白き狩人
渡辺淳一　麗《うるわ》しき白骨
渡辺淳一　遠き落日(上)(下)
渡辺淳一　わたしの女神たち
渡辺淳一　新釈・からだ事典
渡辺淳一　シネマティク恋愛論
渡辺淳一　夜に忍びこむもの
渡辺淳一　これを食べなきゃ
渡辺淳一　新釈・びょうき事典
渡辺淳一　源氏に愛された女たち
渡辺淳一　マイ センチメンタルジャーニィ
渡辺淳一　ラヴレターの研究
渡辺淳一　夫というもの
渡辺淳一　流氷への旅
渡辺淳一　うたかた
渡辺淳一　くれなゐ
渡辺淳一　野わけ
渡辺淳一　化身(上)(下)
渡辺淳一　ひとひらの雪(上)(下)
渡辺淳一　鈍感力
渡辺淳一　冬の花火
渡辺淳一　無影燈(上)(下)
渡辺淳一　孤舟
渡辺淳一　女優
渡辺淳一　仁術先生
渡辺淳一　花《はな》埋《うず》み
渡辺淳一　男と女、なぜ別れるのか
渡辺淳一　医師たちの独白
渡辺将人　大統領の条件　アメリカの見えない人種ルールとオバマの前半生
渡辺優　ラメルノエリキサ
渡辺優　自由なサメと人間たちの夢
渡辺優　アイドル　地下にうごめく星
渡辺雄介　MONSTERZ
渡辺葉　やっぱり、ニューヨーク暮らし。

集英社文庫 目録（日本文学）

渡辺 葉　ニューヨークの天使たち。
綿矢りさ　意識のリボン

＊

集英社文庫編集部編　短編復活
集英社文庫編集部編　短編工場
集英社文庫編集部編　おそ松さんノート
集英社文庫編集部編　はちノート—Sports—
集英社文庫編集部編　短編少女
集英社文庫編集部編　短編少年
集英社文庫編集部編　短編学校
集英社文庫編集部編　短編伝説 めぐりあい
集英社文庫編集部編　短編伝説 愛を語れば
集英社文庫編集部編　短編伝説 旅路はるか
集英社文庫編集部編　短編伝説 別れる理由
集英社文庫編集部編　短編アンソロジー 味覚の冒険
集英社文庫編集部編　短編アンソロジー 患者の事情

集英社文庫編集部編　よまにゃノート
集英社文庫編集部編　よまにゃ自由帳
集英社文庫編集部編　短編宇宙
集英社文庫編集部編　STORY MARKET 恋愛小説編
集英社文庫編集部編　よまにゃにちにち帳
集英社文庫編集部編　短編ホテル
集英社文庫編集部編　短編アンソロジー 学校の怪談
青春と読書編集部編　COLORSカラーズ
短編プロジェクト編　非接触の恋愛事情

集英社文庫

短編《たんぺん》アンソロジー　学校《がっこう》の怪談《かいだん》

2022年5月25日　第1刷　　定価はカバーに表示してあります。

編　者　集英社文庫編集部《しゅうえいしゃぶんこへんしゅうぶ》
著　者　織守《おりがみ》きょうや　櫛木理宇《くしきりう》　清水《しみず》　朔《はじめ》　瀬川貴次《せがわたかつぐ》
松澤《まつざわ》くれは　渡辺《わたなべ》　優《ゆう》

発行者　徳永　真

発行所　株式会社　集英社
東京都千代田区一ツ橋2-5-10　〒101-8050
電話　【編集部】03-3230-6095
【読者係】03-3230-6080
【販売部】03-3230-6393（書店専用）

印　刷　凸版印刷株式会社

製　本　加藤製本株式会社

フォーマットデザイン　アリヤマデザインストア　　マークデザイン　居山浩二

 ISBN978-4-08-744389-9 C0193